下町九十九心縁帖

佐々木薫

富士見L文庫

目次

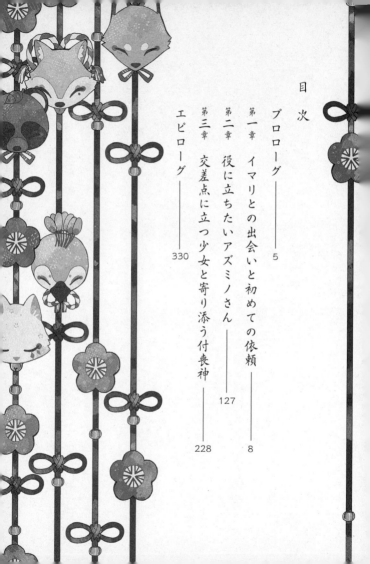

プロローグ

……なに……これ？

眼前には、巨大な黒い靄が、まるで僕の行く手をさえぎるように、そびえている。

黒い靄は、夏の黄昏時特有の真っ赤な空を背景にして、縦に横にと自在に形を変えながら、黒い砂のような粒子を、中空へと立ち上らせている。

……もしかして、近くに骨董品が……？　でも、こんなに大きな靄は……今までに見たことがないし……。

僕は、脇に抱えた鞄を、冷や汗の滲んだ手で、ぎゅっと握り締める。中には、本日が提出期限の前期試験であるレポートが入っているが、今はそれどころではない。

逃げないと、と思い、一歩下がったところで、黒い靄に異変が生じる。

黒い靄の一部がにゅっとのびて、僕の背後に回り込み、そのまま僕を取り囲んだのだ。

僕は、はあはあと息を荒らげながら、そんな黒い靄を目で追うことしかできない。

……そんな……いつもはこちらに干渉してくることはないのに……。

周囲は、闇に閉ざされた。唯一の光は、頭上から降り注ぐ、赤い夕日の光のみだ。

——おぬし、わしが見えるのか？

気がつけば、黒い靄の一部が突き出て、僕の耳元に迫っていた。

声は、その先端付近から発せられているみたいだ。

……声？　声!?　黒い靄が、しゃべった!?

高鳴る心臓に、全身から噴き出る冷や汗。恐怖からか、背筋に悪寒が走り、僕の手は小刻みに震えた。

——ほうっ……ふむふむ。おぬし、なかなか興味深いのぅ……。

はあ……はあ……はあ……はあ……。

——よろしい！　ならば一時、この運命の戯れに、興じようではないか！

思わず悲鳴を上げると、僕はとっさに走り出す。脇目も振らずに、ただがむしゃらに。

なにかにぶつかったのは、そのすぐあとだった。

バランスを失い、転倒する白髪の老人に、地面に落ちて、なにかが割れる、耳をつんざくような破砕音。

──まさか、黒い靄のすぐ向こう側に、人がいるなんて……。

視界がスローになる。

胸ポケットから飛び出したスマートフォンがゆっくりと回転しながら落下してゆく。

地面に頭をぶつける寸前に──確かに見た。

そびえ立つ大きな狼（おおかみ）の姿を。

そしてその狼が、勢いよく僕へと向かってくる光景を。

第一章　イマリとの出会いと初めての依頼

目を覚ますと、そこには知らない天井があった。

とっさに体を起こした僕は、鈍い痛みの残る後頭部へと手をやった。

畳の床に丸いちゃぶ台。テレビの横には年季の入った桐タンスがあり、上にはガラスケースに入れられた日本人形が飾られている。照明は頭上にあるペンダントライトだ。竹と和紙からなるシェードがかかっているためなのか、蛍光灯の明かりにもかかわらずどこか柔らかい印象を受ける。

……ここはどこだろう？　さっきのおじいさんは？

その場に立ち上がると、僕はすぐ脇にあった引き戸に手をかけて、ゆっくりと開けた。

古い物特有の匂いが鼻腔をくすぐる。それは実家にある蔵に似た、悠久の時を思わせる匂いであり、同時に郷愁を誘う、多くの人にとってはどこか懐かしいだろう匂いだった。

床にはタンスやら机やら火鉢やらとアンティークの家具が置かれている。棚にはレトロなカメラや和傘などといった、主に小物類が陳列されている。どの品にも値札がついているし、なによりもすぐ目の前にレジがあることからも、ここが骨董品などを取り扱う、古道具屋であるのはすぐに分かった。ただし犬やら猫やらが放し飼いにされているところが、変わっているといえば変わっているだろうか。目が合うと、興味を持ったのか、一匹の柴犬が尻尾を振りながら僕の方へとやってきた。

かわいい……いや、それよりも……。

恐る恐る、もう一度店内へと視線を送ってみる。

思わず僕は、顔をしかめてから、目を足元へと落とす。

……ど、どこを見ても、年季の入った、古い品物だらけ。

どくどくと、また心臓が高鳴り始める。手に汗を握り、腹の底にもやもやとした、強いストレスを感じる。

……でも、なんだろう？　先ほどから感じる、この違和感は。

感情と過去の記憶が結びついたのか、ようやく僕はその違和感の正体に気づいた。

『靄』だ。黒い靄が見えなくなっているのだ。今までは骨董品など、古い物と一緒に、不吉で気味の悪い黒い靄が見えたはずなのに、今はそれが全く見えない。

一体どういうことだろう？　こんなにもたくさんの古道具があるというのに……。

「気がついたみたいだね」

声をかけられて振り向くと、そこには老人の姿があった。

長い白髪をうしろで結んでいる。あらわになった顔には、見る人に安心感を与えるような、自然で愛嬌のある微笑が浮かんでいる。服装は紺の着物に乳白色の帯を巻いた、いわゆる古風な格好だ。胸元に茶色の玉があしらわれた羽織紐(はおりひも)をつけているのだが、僕の目にはそれが礼節や貫禄(かんろく)を表すようでかっこよく映った。着物にしわの一つもなくて身だしなみが行き届いているからだろうか。全体的に清潔感や信頼感、親しみやすさのようなものが漂っているようにも感じられる。

「あ……あの、先ほど道でぶつかってしまった人ですよね? あの……本当にすみませんでした。本当に……」

「いいからいいから。それよりも大丈夫かい? 怪我はないかい? どこか痛むところとかは」

「僕は、大丈夫です。ええと……」

おじいさんの方は? と、僕は視線で聞く。

僕の意図を察したのだろう。おじいさんはにっこりとほほえんで頷(うなず)くと、まずは自己紹介の言葉を口にする。

「私は洋蔵(ようぞう)、江本(えもと)洋蔵だよ。私の方も大丈夫。なんともないよ」

「そう……ですか」

ひとまずは安堵(あんど)して、僕はもじもじと指を絡ませる。

「よかったら、きみの名前を聞いてもいいかな」

「あ、はい。山川春人です」

「山川……」

僕の名前を聞くと、洋蔵さんは苗字の部分のみを呟いてから、視線を斜め下辺りに落とす。そしてもう一度僕へと視線を戻すと、今度は「山川春人くん」と、確認するようなはっきりとした口調で言う。

「あの……その……なんといいますか……申し訳ありませんでした。ごめんなさい」

「もう本当にそれはいいから。それよりこれなんだけど……」

洋蔵さんにより差し出されたのは、提出するはずだった大学のレポートの入った鞄と、ぶつかった際に落とした僕のスマートフォンだった。

「これ、春人くんのだよね？　携帯電話だけど、落ちた衝撃で壊れてないといいけど」

軽く会釈をして受け取ると、とっさに壁にかけられた時計へと目をやる。時刻は十九時三十分。とうの昔に、レポートの提出期限は過ぎている。

単位を、落としてしまった。……でも、仕方ないか。全部、僕が悪いんだから。

「……壊れてはいない、みたいです。……多分」

「それはよかった」

胸に手を当てて安心したように口から息をはくと、洋蔵さんは立て続けに聞く。

「家は近いのかい？　送った方がよさそうかな？」

「ええと、ここは……」

「ああ、そうだね。きみ意識を失っていたから。ここは私の店【古道具みやび堂】だよ。さっきぶつかったところから、結構すぐのところなんだけど」

「でしたら、ここから歩いてすぐですので、大丈夫です」それよりも……と僕は、言外で言う。

先ほど洋蔵さんとぶつかった時に、確かに聞こえた。なにかが割れる音を。ここが古道具屋さんで、洋蔵さんがその店主なら、おそらく……。

僕の言葉尻がどこか曖昧だったので、洋蔵さんが小首を傾(かし)げる。

……どうしよう。聞こうか、聞くまいか……。でも、どうすれば……どうしよう。

「なに？　おじいちゃん、その人、家に帰すの？」

突然会話に割り込んできたのは、学校の制服にエプロンという格好をした、黒のボブカットが目を引く、女の子だ。

「壺(つぼ)の話した？　弁償は？　だめだよ。しっかり弁償してもらわないと」

女の子は、くっきりとした目つきに冷たい口調で、どこか威圧感がある。だがその反面髪につけられたピンク色の髪留めが、女の子らしさを醸し出している。

彼女は磨(す)りガラスのついた引き戸の向こう、廊下側からやってくると、不機嫌そうな表情をその顔に浮かべて、洋蔵さんを見上げる格好で睨(にら)んだ。

「いいから桜は引っ込んでなさい。あれはもういいんだ。それに春人くんだって、なにも悪気があってやったわけじゃあないんだから」

壺？　弁償？　僕がやった？　じゃあやっぱり、僕はなにかを壊してしまった……。

「よくない。うちだってぎりぎりなんだから」

言いながら、桜と呼ばれた女の子が、僕の足元に、一つのビニール袋をがしゃりと置く。

嫌な予感を抱きながら、僕はその場にしゃがみ、恐る恐る袋の中をのぞき込んでみる。

焼き物と思しき大量の破片。白い素材に赤青金の色鮮やかな着色と、見るからに高そうだ。破片の量からしてもなかなかに大きな物、つまりは立派な物だったのは想像にたやすい。

「さっきおじいちゃんが博物館から引き取ってきたの。うちから貸し出していた物だから」

「……博物館。ええと、つまりそれって……」

まるで僕の言葉を引き継ぐようにして、桜さんは鋭い口調でオブラートに包むことなく、はっきりと言った。

「古伊万里の大壺。とても貴重な物。もしも値段をつけるなら、三百万円は下らない。ちなみにこれは秘蔵品で売り物じゃないから、保険とかには入ってないから」

――三百万円……。

言葉を失った。頭が真っ白になり、焦りからか喉がからからに乾いた。

「……わ、分かりました。ただ、今はお金がないので、いっぺんに……というのは、難しいんです」

自分の不甲斐なさに、僕は手を強く握る。

一瞬、親にお願いしようかという考えも頭によぎったが……あり得ないと思い直して、すぐに振り払う。

親には頼れない。……頼りたくない。できるはずがない……。

「ア、アルバイトをしながら、毎月返していくという感じで、お願いできませんか？」

僕は必死に、深く深く頭を下げて、懇願の言葉を口にする。

腕を組み、判断を仰ぐように洋蔵さんへと視線を送る桜さん。

洋蔵さんは困ったように小首を傾げると、僕に顔を向けて言う。

「分かった。でも、無理はしなくていいからね。少しずつ、本当に少しずつでいいから」

「ありがとうございます。……ありがとうございます」

住所と名前、電話番号を書いた紙を洋蔵さんへと渡すと、今日のところはとりあえずお暇しようと、僕は肩を落として出入り口へと向かう。

背後からは桜さんによる、「おじいちゃんは優しすぎる！　もっと厳しくいかないと！」という非難の声が聞こえてくる。それをなだめる洋蔵さんの声も。

心が鉛のように重くなった。洋蔵さんたちへの申し訳なさと自分の不甲斐なさで、心がぐちゃぐちゃになった。

時間が戻ってほしい。洋蔵さんとぶつかるほんの数秒前まででいいから時間が戻ってほしい……本気でそう思うのだから、どうやら相当に参ってしまっているのは間違いないみたいだ。

出入り口の目前、古い大物家具類の前を通りかかったところで、先ほどの犬と目が合った。

犬は舌を出して、尻尾を振りながら、黒くて愛らしい目で僕を見上げている。

やっぱりかわいい……。なんだかすごくなぐさめられるな。

その場にしゃがむと、僕は犬の頭をなでてから、軽くハグをする。

「なにしてるの？」

うしろからやってきた桜さんが、冷たい口調で聞く。首を傾げて不審感のある眼差しで、僕を見下ろしている。

「え、あの、犬かわいいなーって。猫……そういえばさっき、猫も」

「え？　犬？　猫？　なにを言ってるの？」

「いや……だから、この犬が……」

「からかってるの？　犬なんていないでしょ？」

「いないって……ここに」

異変に気づいたのだろう。何事かといった面持ちで、洋蔵さんも店の奥からやってくる。

「どうしたんだい？」

「おじいちゃん、この人、なんか犬がいるって言ってるんだけど」

「犬？　春人くんが、そう言ってるのかい？」

「もしかしてこの子、飼い犬じゃあなかったですか？」

犬の背中をなでながら、僕は聞いた。

しかし洋蔵さんは、腕を組むと不思議そうな表情を浮かべて、あろうことか桜さんと同じようなことを口にする。

「すまないね。私にはそこに犬がいるようには見えないよ」

「え？」

「でも春人くんには見えているんだよね？　そこに犬が」

——えっ？　え？　一体どういうこと？　なにがなんだか……。

立ち上がると、試しに僕は、店内にいる他の動物を、指をさしながら一つひとつ並べ立ててみる。

「向こうの絵皿の上、オウムがのっています。そっちのタンスの上には狐が丸まっています。そこのガラスケースにはわんわんと泣き声をあげる白い猫がいます」

ぽかーんと口を開ける桜さん。

桜さんは一度視線をそらしてから、再び僕へとその胡乱(うろん)な眼差しを向ける。

「もしかして、打ち所悪かった？　早く病院にいった方がいいんじゃない？」

「…………」

どういうこと？　なんで？　もしかして洋蔵さんたちには本当に見えていない？　でも確かに触れるし。あれ？

「……春人くん、きみはやっぱり……」

あたふたする僕へと、洋蔵さんが手を差し伸べるような格好をしつつ、半歩近づく。

「きみはやっぱり……そういう……」

「え？　ええと……なにが――」

半ば、僕の言葉を遮るように、会話の流れに終止符を打つように、洋蔵さんは手を打ち小気味のよい音を響かせると、どこか納得したような面持ちで何度か頷く。

「きみは今、どこかでアルバイトをしているのかい？」

「え？　あ、いえ、していません。これから探そうかなと」

「だったら、うちで働かないかい？」

「え？」

予想外の提案に、僕は思わず聞き返してしまう。

「ちょっとおじいちゃん！　だからうちはそんなに余裕がないんだってば」

「うん、だからしばらくの間、ただで働いてもらうんだよ。重い荷物とかも運ぶし、若い男手はあっても困らないよね。それに最近私も足腰が痛くなってきてね。正直きてもらえるとすごく助かるんだ」

「ああ、まあ、そういうことなら……」

どんどん話が進んでゆく。僕のことなどそっちのけで。

口を挟めずにいると、洋蔵さんが優しくほほえみながら、僕の方へと顔を向けて、もう一度聞く。

「で、どうかな？　きてもらえると本当に助かるんだけど」

「ど、どうでしょう……」

アルバイト……しかも多分、接客あり……。

選べる立場ではないと頭では分かっているけど、でもやっぱり接客は……。

しかも……と声には出さずに一人で呟き、店内へと視線を巡らせる。

三百万円の弁償を告げられた時とはまた別の、嫌な動悸が胸の内に響く。

周囲には、壺や皿、タンスや机などといった、たくさんの古道具が置かれているので、否が応でも目に飛び込んでくる。それらは皆、僕を悩ませて、僕の人生に影を落とした、黒い靄の元凶だった物たちだ。

もちろん今は、なぜか黒い靄は見えなくなり、代わりに動物が見えるようになっているが……いつまた黒い靄が見えるようになるか分からない。

また黒い靄が見えるようになったら、僕は多分……いや絶対に、逃げ出す。

思い出したくないから。地元のことを、親のことを、そしてなによりも、大好きだったおじいちゃんのことを。

あれこれ考えているうちに、嫌な記憶がよみがえってきて、僕は息苦しくなる。

とはいえ、割った壺の弁償はしないといけない。アルバイトはしないといけない。

それでもやっぱり、接客は……。

ふと顔を上げると、洋蔵さんと目が合った。

洋蔵さんは優しそうな笑みを浮かべて頷くと、まるで困っている人に手を差し伸べるように、握手の手をそっと差し出した。

「よろしくね。明日からこられそうかい？」

「……あ、はい」

握手はしなかった。というかできなかった。でも、完全に流された。

もちろん、なにかを始めるのは難しい。でもなにかを断るのも、僕にとっては同じぐらいに、とても難しい。

……今度からは、気をつけよう。

＊

カンカンカンと足音を立てて二階へ、僕は自分の部屋のドアを開けるとそのままベッドへと倒れ込んだ。

六畳間の一室。台所からはシンクに滴る水の音が一定のリズムで聞こえてくる。すぐ脇にあるローテーブルには、開いたままのノートパソコンと幾重にも積まれた教材の山が、前期試験の残骸として放置されている。

……結局、レポートの提出には間に合わなかった。でも、それはいい。自分が困るだけだから。それよりも洋蔵さんたち……。働いて返すということになったけど、本当にそれだけでいいのかな。もっと誠意のあるやり方があるんじゃあないのかな。

それともう一つ。店にいたあの動物たち。洋蔵さんと桜さんの反応からすると、二人には本当に見えていない感じだった。あれは一体なんだったのだろう。

仰向けになると、まるで記憶を振り払うように、小さく首を横に振る。

いや、きっとなにかの間違いだ。あの時は色々ありすぎて、頭がパニックに陥っていただけなんだ。

ため息をつくと、僕は一度目を閉じた。風呂に入るのも面倒くさい、食欲もない。なにかをするにはあまりにも精神が疲れすぎている。

仕方ないから今日はこのまま寝てしまおうと、目覚ましをセットするためにスマホへと手をのばしたその時、まるでタイミングをはかったかのように着信音が鳴り響く。

画面には『岩井秀樹』という名前が表示されている。大学での、唯一の知り合いだ。友だち……ではないのかもしれない。でも見かければいつも話しかけてくるし、いつもなにかしら誘ってくる、そんな人だ。

多分、僕に気を遣ってくれているんだろう。それはとてもありがたいことなんだろうけど、正直僕なんかのために気を遣ってくれるんなら、その分を他の友だちに回して、親交を深めた方が、より有意義だと思うんだけどな……。

僕は拒否も応答のボタンもタップすることなく、そのままの姿勢で待ち、着信音がその鳴りを潜めたところで、アラームの設定画面を開く。

するとまたもや、秀樹から着信が入る。しかも今回は画面を操作していたので、不本意にも応答のボタンをタップしてしまう。

『もしもし春人？　もしもーし』

スピーカーからは、陽気であり、どこまでも快活な、秀樹の声が聞こえてくる。その声からは、いつも笑みと白い歯をたやさない、秀樹の顔が思い浮かぶようだ。というか多分、今現在もそんな顔をしていることだろう。素で、真実心から。

出てしまったからには仕方がない……。僕はスマホを耳に当てると、秀樹に応える。

「もしもし……ええと、なんだった？」

『前期試験お疲れー。確か春人も今日が最終日だったよな？』

「うん。まあ」

『だからさ、飲み会にいこうぜ！』

「え？　飲み会？」

『そう、飲み会。大学の近くの居酒屋でやるから』

……飲み会。いったことないし、それはちょっと……。

『俺の友だちも何人かくるからさ。春人のこと紹介するよ』

こ、断ろう。今回は、断ろう。

『二次会は多分カラオケになると思う。前々から春人の歌聞きたいと思ってたんだよね』

「あ、あの……」

『明日の十六時半に、とりあえず大学の正門のところに集合だから。じゃあ明日！』

え……ちょっ……まっ……。

切れていた。断りの言葉を挟む余地もなく、通話は終わっていた。

とはいえ、明日は【古道具みやび堂】にアルバイトにいくことになっている。どのみち予定があるのだから飲み会に参加することはできない。

あとで断りのメッセージを送ろう。明日の朝とかに送ろう。

不安と安堵がないまぜになった居心地の悪い感情を腹の底に感じつつ、僕はアラームがしっかりとセットされているかの確認をするために、今一度スマホの画面へと視線を送る。

――ん？

目を凝らしてぐっと画面を顔に近づける。

「あれ？」

思わず声に出してしまう。

異変には、すぐに気づいた。

スマホのホーム画面に、ちんまりとした、狼の姿があった。

狼は、銀の毛並みが眩しい子供で、今は画面の下部に座り込み、どこか倦怠感の漂う澄ました眼差しで、ちらりとこちらを見ている。

耳とか尻尾とかがかすかに動いていることからも、どうやら写真などの静止画ではなくて、それ単体で動く動画……というか、キャラクターであるみたいだ。

こんなアプリ入れてない。というかなんで勝手に？　いつから？

まじまじと見ながら、僕はなんとなく、指でその狼に触ってみる。

「くすぐったいわい！　軽々しくわしの神聖なる体に触れるでない！」

おおっ、しゃべった。か、かわいい……。

もう一度狼に触れてみる。

「だから触るでないと言っておろう！　まさかおぬし、わしを怒らせたいのか？」

台詞が変わった。次はなんて言うんだろう。

もう一度、今度は全身をくりくりとなで回してみる。

「分かった。今すぐそちら側にいくから、大人しく待っとれ」

画面の向こうで立ち上がった狼が、こちらへと向かい歩いてくる。大きくなってゆく狼の姿に、整然と並んだアプリのアイコンが徐々に見えなくなってゆく。やがて狼の顔で画面がいっぱいになると、ガラスに顔をぶつけたのか、鼻がかわいらしくぺしゃりと潰れた。

おそらくは鼻息の演出なのだろう。画面には息をはきかけた際に生じる白い曇りが、出たり消えたりを何度も何度も繰り返している。

妙なリアリティーに思わず僕は上体を起こして息を呑んだ。バッテリーに負荷がかかっているのか、あるいは僕の手汗のせいなのか、スマホがやたらに熱く感じる。

「もうすぐじゃ。目にもの見せてくれるわ」

スマホがぷるぷると震えた。目の錯覚か、画面が――いやスマホ自体が、内側から押されるように、球状に膨らんだような気がした。

え？　ちょっとこれ、まずいよね……。

電源を落とそうとボタンへと指をやったその時、ぼふんという音と共に、白い煙が部屋一面に広がった。

ベッドから転げ落ちる僕。あまりの驚きに声も出ずに、気がつけば部屋の片隅に身体を寄せて、荒々しく肩で息をしていた。

「どうじゃ、参ったか」

煙の向こうから声がする。幼い男の子のような声が。

「わしの名はイマリ」

「イ、イマリ？」

ゆっくりと煙が引いてゆく。

「洋蔵の壺に宿っていた精霊――付喪神のイマリじゃ」

「付喪神？」

そして完全に煙が引くと、ようやく声の主が、その姿を現した。

部屋の明かりをきらりと反射する、美しく流麗な白銀の毛並みに、ぴんと立った大きくてかわいらしい耳。もふもふした尻尾の毛は、窓から吹き込むかすかな風にさえも、小さくさらさらと揺れている。

狼だ。スマホの中にいた狼の子供が、ベッドの上に立ち、僕へとそのエメラルドグリーンの瞳を向けている。

「どうした？　わしのあまりの美しさに、言葉を失ったか？」

「しゃ、しゃべった。……狼なのに」

「当然じゃろう。見てくれはこうだが、わしはれっきとした、崇高なる付喪神じゃからな」

付喪神？　もしかして、これは夢？

「ちこう寄れ。今日からおぬしはわしの従者じゃからのう」

「従者？　僕が？」

「無礼者っ！」

くわっと大声を出したイマリが、牙をむき出しにしながら、僕の方へとやってくる。

「たかが人間が、高位たるわしに、気安く質問をするとはなんと不遜な振る舞いか！　格の違いを思い知らせてくれるわ！」

ひいっ！　殺される！　……って、あれ？　こない？

顔を上げると、そこには床に散らばった菓子の袋を気にするイマリの姿があった。

イマリは鼻を近づけてくんくんと嗅ぎ、丸い手で上から袋をなでている。

「なんじゃ？　これは」

「……ええと、お菓子だけど。チョコチップクッキー」

「ほう、チョコチップクッキーとな。一つ食うてみたいのう」

「え、あ、はい」

散らばった小袋を袋に戻しながら、僕は一つ開けてやり、イマリへと差し出す。

「うまい！　うまいぞ！　なんと美味な菓子なのじゃ！」

目を輝かせてその場でごろんごろんと転がりながら、イマリが感嘆の声をあげる。大口を開けて舌をぴんと突き立てるその姿からは、初めての刺激に狂喜しているというのがひしひしと伝わってくる。

「食べたことないの？」

「ない。洋蔵の家は基本、和菓子ばかりじゃからのう」

手をぺろぺろとなめてから、イマリが姿勢を正す。その様はまるで犬のようで、本当にかわいらしく僕の目に映る。

「わしは機嫌がよくなった。どれ、一つ質問に答えてやるかの。どうしておぬしがわしの従者か？　だったか？」

「うん。突然そんなことを言われても、よく分からなかったから」

「それはじゃの、壺……ようはわしが宿っていた古伊万里の大壺が割れる寸前に、おぬしの私物に乗り換えたからじゃ。おぬしの私物にわしが宿っている、じゃからおぬしはわしの従者じゃ」

「乗り換えたって、一体なにに？」

あれじゃ、と言い、イマリがベッドの上のスマホを示す。

　立ち上がり手に取ると、僕はスマホを確認する。先ほど膨らんで煙が出たように見えたが、どうやら壊れてはいないみたいだ。本体に破損はないし、画面もしっかりと表示される。

「じゃあイマリは、現在このスマホの付喪神ってこと？」

「まさしくその通りじゃ」

「でも……付喪神って、なんかこうもっと、古い物につくっていうか……。使い古した桶（おけ）とか、着物とか。確かにこれは型も古いし、使い古してもいるけど、スマホにつくとかって……急にそんなことを言われても」

「信じられぬというのか？　山川春人よ」

「え？　なんで僕の名前を……」

「他にも分かるぞ」

　イマリがちらりとスマホへと視線を送る。

「歳（とし）は十八……ふむ、まだまだ小童（こわっぱ）じゃのう。生年月日は平成十六年十月九日。そういえば、今はもう令和の世か。わしが生まれたのは江戸時代で、寛保（かんぽう）、宝暦（ほうれき）、寛政（かんせい）、天保（てんぽう）と渡り歩いてきたから、なんだか新鮮に感じるのう。ほう。出生は愛知であるか。ちなみにじゃが、山川という苗字（みょうじ）は、愛知に多いのか？　……まあよい」

　スマホの画面が勝手に切り替わってゆく。まるで何者かにより遠隔操作されているみたいに。

「文のやり取りはどこかのう……こっちかのう……いやこっちかのう」

『文』というのは、おそらくはメールとかSNSのことなのだろうが、どのアプリが一体どんな役割を担っているのか、まだ理解していないみたいだ。片っ端から、しかもランダムに、次から次へとアプリが開かれては、閉じられてゆく。

「ふむ。これはキャメラのアプリか。ほうほう、こちらは遊戯のアプリじゃのう。あとで興じるとするかのう。で、こちらが無料で戯画が見られるアプリで、こっちが写真を保存する場所……」

え……ちょっと……まっ……それ以上は……。

やめさせようとスマホに手をのばしたが、遅かった。

ラインのアプリに連絡のやり取りの痕跡を発見したイマリが、さっそくといったていで、見始める。

「これじゃの。どれどれ……ふむ、メッセージにも通話履歴にもおなごからの痕跡はないのう。さてはおぬし、恋人の一人もおらんのであろう。やれやれ、これだから最近の若者は」

というか……と言い、まるでとどめを刺すように、イマリが続ける。

「おなごどころの騒ぎではないではないか。おのこからも、ほとんど連絡はありはせん。

登録された連絡先も、この『秀樹』とかいうやつをのぞいては、皆無といっても過言ではないではないか」

「分かった！　分かった信じるから！　だからもう――どうか！」

そして最後に、イマリが最終決定打を放つ。

「……さてはおぬし、今はやりのコミュ障というやつであろう。哀れよのう。実に哀れじゃ」

土下座……というか床に突っ伏した僕を、イマリがしたり顔で見下ろすと、満足したように鼻を鳴らして、まるで面を上げよとでもいわんがごとく、尻尾で僕の顔を叩く。

「まあ依代から依代に移ることができたのは、わしが数百年超えの立派な付喪神だったからこその芸当じゃがな。……しかしこの筐体、せまっ苦しくて仕方ないのお。我慢はしてやるが」

「え、ちょっと待って。数百年超えっていうのは？　……あ、そっか。さっき確か、江戸時代って」

不躾な質問に、きっと牙をむき出しにするイマリ。

ひいっ！　また怒られる！

とっさに頭に手をやり半身の姿勢を取ったが、イマリからの攻撃はなかった。ちらりとイマリへと視線を送ると、僕に目配せをしながら、くいくいと手を動かす姿があった。

クッキーが、ほしいってことだよね……。

口の中に入れてやると、ひと時幸せそうな顔でフリーズ、それからすぐにきりっとした表情に戻ると、やれやれといった雰囲気を醸し出しつつ話し始める。

「仕方ない、答えてやるかのう。わしが宿っていた大壺は佐賀で焼かれた伊万里焼というものじゃ。聞いたこともあろう？　知名度の高い磁器じゃからな。当時は海外でもとても人気があり、伊万里港からたくさん輸出されとったわい。本来であればわしも、海を渡り、オランダ東インド会社を通じ、どこかの王侯貴族の屋敷に飾られるはずであったが、直前で取りやめになってしまってのう。そのまま地元の市場に流れたんじゃ」

「え？　東インド会社って、十七世紀とかだよね？」

「だから言っておろう、数百年超えだと。わしは正真正銘の貴重品じゃわい。そんじょそこらのまがい物と一緒にされては困る。あろうことかそれを、おぬしが……」

……壊してしまった。

心臓がどくんと嫌な高鳴り方をした。暑さを感じるのに冷たい汗がシャツに滲んだ。

「まあ、せいぜい働いて、罪を償うんじゃな」

そんな僕の様子を見たが、イマリは構うことなく、まるで興味を失ったようにベッドに飛びのると、体を丸めた。

「もう一つ……もう一つだけ、聞いてもいい？」

「ふむ。まあ構わんが……クッキーとやらは、ちと飽きたかのぅ」

どうしようか迷ったが、冷蔵庫の中にチョコパイがあるのを思い出して、僕は取りにいく。

食べやすいようにと小皿に出して差し出すと、イマリは「し、仕方ないのぅ」と言い、耳を立てて僕へと顔を向けた。

「付喪神が見えるのは、僕だけなの？」

「厳密には、春人だけではない。じゃが、極めて少ない。そういう家系に生まれるか、偶然にも見ることのできる目を持って生まれるか。付喪神を見ることができる人間は、そのどちらかじゃろうな」

「そういう家系に生まれるか、偶然にも見ることのできる目を持って生まれるか……」

おうむ返しに呟（つぶや）くと、僕は数瞬黙考する。

「でも、多分僕は、そのどちらでもないよ。どうして突然、付喪神が見えるように……」

「おそらくじゃが、素質は……あったのじゃろうな。そして先ほど、わしは春人のスマホに乗り換えるために、多大なる力を放出した。その力を近くで、しかもじかに浴びた春人は、埋もれていた付喪神を見る能力を、今度こそ完全に覚醒させた……まあこんなところじゃろう」

イマリの言いたいことは、なんとなく分かる。じゃあ僕は、偶然にも付喪神を見ることのできる目を持って生まれたってことなのだろうか？　それとも、親族に、実は付喪神を見ることのできる人がいたとか、そんな感じなのだろうか？

「そうそう、これだけは忠告しといてやるかのう」

「忠告？　……な、なに？」

「洋蔵の店に、犬とか猫とかの動物がわんさかおったであろう。低位ではあるが、あやつらも付喪神じゃ」

やっぱり。狼(おおかみ)の姿をしたイマリが付喪神だって聞いて、そうなんだろうなあと、予想はしていたけど。

「洋蔵や桜には見えとらんから、二人がいる前では極力付喪神には接しない方がよいぞ」

「うっ……」

思い出して、状況を理解して、今さらながらに恥ずかしさが込み上げてくる。

なにもない空間をなで回して、なにもない空間を示して、「犬かわいいなー」なんて言ってしまったのだ。逆の立場だったなら、申し訳ないけど、ちょっとやばい人なのかなと、そう思ってしまうことだろう。

……って、ちょっと待てよ。

あることに気づいた僕は、手で口を覆うと、気づきをさらに明確にするためにも、考えにより具体性とイメージを与えてゆく。

見え方は違うけど、同じような体験を、僕はずっとしてきたじゃないか。

――そう、古い物と一緒にいつも見えていた、『黒い靄』だ。あの黒い靄は、僕にだけ見えて、他の人には見えていなかった。だから僕は、黒い靄が見えても、そのことを他の人には言わないようにした。変なことを言い出したと、心配されるから。気味悪がられて、つまはじきにされるから……。

「……黒い靄」

「なんじゃ？」

僕の独り言に、イマリが身を乗り出してくる。

「あ、いや、その……」

「話してみよ。このわしが、下賤たる人の子の話を聞いてやると言っておるのじゃ」

「う……うん」

心臓がどくどくと鳴った。腹の底がずんと重くなり、全身がかっと熱くなるのに反して、なぜか背筋に寒気のような震えが生じた。

……怖いんだ。話すのが。『黒い靄』について、自分以外の誰かに話すのが。

でも多分、付喪神であるイマリなら、ずっと悩んできた黒い靄の正体を、明らかにしてくれる。

僕は手を握り締めると、意を決して話し始める。

「実は、今までは、骨董品とか古い物と一緒に、黒い靄のようなものが見えたんだ。でも今日、突然見えなくなった。もしかしてこれって、付喪神が見えるようになったのと、なにか関係があったりする？」

「黒い靄、じゃと？」

ベッドからローテーブルへと軽快な身のこなしで飛び移ると、イマリは顔を近づけて、僕の目をのぞき込む。

「それは、あるいはわしにも、なにか関係があるやもしれぬな……。もっと詳しく聞かせてみよ」

「長くなるけど……いい？」

「よい、話せ」

イマリの了承を得たので、僕はぽつぽつと語り始める。過去にしでかしてしまった、とあるできごとについて。

「昔、実家におじいちゃんがいたんだ。おじいちゃんは骨董品が大好きで、たくさんの骨董品を蔵いっぱいにコレクションしていた。中でもお気に入りだったのが、中央に鳳凰の描かれた、色鮮やかな絵皿だった。知り合いの家に何度も足を運んでようやく手に入れた、逸品だったみたい。座敷の一番目立つところに飾ってあったよ」

でも、と言い、僕は目を落とす。

冷蔵庫のコンプレッサーの音がやみ、部屋に静寂が降りた。遠くからはかすかに救急車のサイレンの音が聞こえた。

「でもある日、友だちとかくれんぼをしていた時に、誤ってその絵皿を割ってしまったんだ。そしたらおじいちゃん、ものすごく怒っちゃって……。ずっと謝りたかった。でも気まずくて、どうすればいいのか分からなくて……。結局、謝れないままおじいちゃんは死んでしまった。もう二度と……謝ることはできない。大好きだったのに……」

ため息をつくと、僕は手で口を覆い、小さくさする。視界の端にイマリの姿が映ったが、自分の過去をさらけ出したためか、気まずさを感じて、思わず顔をそらしてしまう。

「して、黒い靄というのは？」

「ごめん……話がそれたね。絵皿を割ってからなんだ。骨董品とか古い物とかと一緒に、黒い靄が見えるようになったのは。今はまあ我慢できるようになったけど、子供の頃はそれが本当に怖くて、近づくことさえできなかった。親に言っても信じてもらえないし、友だちからは嘘(うそ)つき呼ばわりされるし……。それでも訴え続けたら、ある日、突然親が病院につれていくと言い出したんだ。子供ながらに悟ったよ。これは決して他言してはいけないことなんだって。正直、おじいちゃんとの距離があいてしまった原因の一つに、この黒い靄があるのは間違いないと思う。なんといってもおじいちゃんの部屋には、たくさんの骨董品が飾られていたから」

「ふむ……」

話を聞き終えると、イマリは僕から目をそらして、自分の足元に視線を落とす。

なにやらイマリが難しい顔をしているように、僕の目には映る。

「中央に、鳳凰の描かれた絵皿……」

「……うん」

「割ってから、黒い靄が見えるようになった……」

確認するように、僕の話の要点をかいつまんで言うと、イマリは視線を落としたままの姿勢で、黒い靄について、説明を始める。

「黒い靄は、付喪神がはっきり見える、前の段階じゃ」

「前の段階？」

「付喪神を見ることのできる目を持った者でも、当然のことながら能力には差がある。まあ人間でいうところの、視力の違いみたいなものじゃな」

「ええと……つまり、僕の付喪神を見る能力が完全に目覚めていなかったから、付喪神が動物という本来の姿ではなくて、中途半端な黒い靄に見えていたってこと？」

「いかにも。そして絵皿を割ってから黒い靄が見えるようになったということは、その絵皿を割った際に、今回のわしのできごとと、同じようなことが起こった可能性が高いということ」

「え？　ええと……それって……」

「ちょっとよいか。本当は、なるべく力を温存したいところではあるが……」

イマリは音もなく立ち上がると、まるで遠吠えでもあげるかのように、鼻を天井へと向けて、空を仰ぐ。そしてかっと目を見開くと、ぼふんと部屋中に煙が満ちて、なにも見えなくなる。

当然、驚いた僕は、うしろに手をついて床に倒れ込んだわけだが、目の前に現れた巨大な狼の姿を目にして、それ以上の驚愕を喫してしまう。

「うっうわああああああああああっ！」

逃げようにも、上手く立ち上がることができない。立ち上がろうと脚とか腕とかに力を入れるも、スカッスカッと、どこかから力が抜けるような、変な感覚が体に残るだけだ。

「慌てるでない。わしじゃ。イマリじゃ」

へ？　え？　えええ!?　イマリ!?

「というかおぬし、この姿を一度見ておるであろう」

「その姿……？」

はたと思い出す。先ほど、洋蔵さんとぶつかり、古伊万里の大壺を割ってしまった際に見た、僕の方に迫ってきた、大きな大きな狼の姿のことを。

「じゃあ……それが本来のイマリの姿？」

「そうじゃ」

「でも、なんで今……」

「それはじゃな」

イマリが、僕の体ほどあるのではないかと思われるその頭を、ぐっと僕に近づける。

「こうするためじゃ」

唐突に、イマリの体が強い光を発する。

それは、太陽のように眩しくて、命のように温かい、そんな神々しくも切ない、全てを受け入れるような光だった。

「……やはりか」

やはり？　なにが……。

イマリの視線をたどり、僕は自分の足元へと視線を送る。

ぎょっとした。そこには炎が風に煽られたような形の、黒い影があった。

影は漆黒で、一切の光も、一切の希望も見受けられない、死のような闇だった。

よく見ると、その影の向こう側に、苦痛に歪んだ、禍々しい人の顔があるような気がした。絶望した顔とか、憎しみに歪んだ顔とか、皮や肉が削げ落ちた、髑髏とか……。

引きずり込まれそうになった僕の意識を、現実につなぎとめたのが、再びの白い煙だった。

茫然自失(ぼうぜんじしつ)した僕の前に現れたのは、子供の姿に戻ったイマリだった。

「はあ……はあ……はあ……」

喉がからからに乾いて、上手く言葉が出てこない。ただ、尋常ではないことが起こった、尋常ではないことが僕の身に起こっている……それだけを、言葉ではなくてイメージとして、得心した。

「春人よ、おぬし、呪いを受けておるぞ」

「呪い……呪い」

非日常的な言葉に、思わず僕は目を白黒させる。それと同時に『呪い』という言葉と、今しがた光の中で見た、自分にまとわりつく闇のような影の映像が結びつき、気味の悪さから、肌の露出した腕の部分に、一気に鳥肌が生じた。

「おそらくは絵皿を割った際に、そこに宿っていた付喪神が、春人に呪いをかけたのじゃろう。このままではおぬし、地獄に落ちるぞ。地獄に落ち、成仏することなく、永遠の業火に焼かれ続ける」

「ちょっと待ってよ。付喪神……だよね？　どうして人を呪うの？」

「当然じゃろ。付喪神にも、痛みもあれば感情もある。人から不遜な振る舞いをされようものなら、そりゃー一矢報いるというか、呪いぐらいかけもするであろうて」

……そんな。じゃあ僕は、おじいちゃんの絵皿に宿っていた付喪神から、呪いを受けたってこと？　地獄？　永遠の業火？　急にそんなこと言われても……。

「わしなら、解いてやることができるぞ」

「え？」

鷹揚に顔を上げると、イマリは自慢げに背筋をのばして、そのもふもふの胸を張る。

「昔春人が割った絵皿じゃが、古伊万里だったんじゃないか？　呪いの形式がわしの使うものと一緒じゃからな。おそらくは数百年前……しかも同じ窯で焼かれた物である可能性が極めて高い」

はっきりと覚えているわけじゃないけど、確かに今日見た洋蔵さんの壺の破片と、色が似ていたような気もする。今思えばあれは、古伊万里だったのかもしれない。

「呪いの形式が同じだから、イマリはそれを解くことができる。そういうことだよね？　なら、お願いできる？　呪いを、解いてほしいんだ。なんでも……言うことを聞くから」

「よいぞ」

「本当!?　イマリ……ありがとう」

思わず僕はイマリに抱きつく。するとイマリはばたばたしながら、「やめるんじゃ！　わしは高位の付喪神じゃぞ！　軽々しく神聖な体に触れるでない！」と声を荒らげる。

腕から逃れると、イマリはローテーブルから飛び下りてクッションの上へと移動、器用にも前脚を使い毛づくろいを始める。

「ただし、今のままでは無理じゃ。力が圧倒的に足りぬからの」

「力が足りない？　どういうこと？」

「わしの本来の姿は、先ほど春人が見た、あれじゃ。ではなぜ、今こんなちんまりとした子供の姿をしているか、分かるか？　あの姿を保つには、まあまあそれなりの力を消費するからなのじゃ。つまり今現在のわしは、本来の姿を保つのもおっくうなほどに、力が枯渇に近い状態であるということじゃ」

枯渇に近い？　ようは力を使いすぎたってことだよね。どうして……。

まるで僕の気持ちを読んだかのように、イマリが続ける。

「付喪神が本来の依代（よりしろ）から別の依代に移る、それはとても特殊なことじゃ。特殊なことをするには、それ相応の力を使うことになる。高位であり、力の強いわしは、その力の大半を差し出すことにより、なんとか大壺から春人のスマホに乗り換えることができたが、もしもこれが低位の付喪神じゃったならば、そもそも乗り換える力が足りないので、そのまま死んでいたであろうな」

なるほど。そういうことか。

……じゃあ僕は、もう少しで、イマリを殺してしまうところだった……。

申し訳ないという思いが、心の底から込み上げてくる。

僕は、イマリを直視できなくて、苦い表情を浮かべつつ、そっと、まるで逃げるように、窓に映る黒い闇夜へと、視線を漂わせる。

「そこで条件じゃ。春人よ、おぬし、わしが力を取り戻すのに、協力してはくれんか？力を取り戻すことに成功したならば、その暁に呪いを解いてやろう」

「力を取り戻す？……もちろん、協力するよ。でも、どうやって力を取り戻すの？」

「それはの、『神心』を集めるのじゃ」

「シンシン？」

「神心は、簡単に言えば、付喪神の命の源みたいなものじゃ。本来は、依代に向けられる、人の思いとか感情とか、そういったある種の霊力から神心は形作られて、付喪神は力を増してゆく。じゃがそれではいくら時間があっても足りぬし、そもそもたかがスマホに強い思いを傾ける奇特な輩はこの世にいないので、結局のところ人から神心を集めて力を取り戻すというのは、実質不可能に近い」

……うん。このスマホ、長年使っているから愛着はあるけど、強い思いがあるかと聞かれれば……そこまでじゃない。だからといって今すぐに強い思いを傾けろと言われても、本気でそう思えないのだから、多分いくら頑張っても無理だ。

「じゃあ、一体、どうすれば……」

「他の付喪神から、神心をもらうのじゃ。付喪神同士ならば、直接神心の受け渡しが可能じゃからな」

ただし、と言い、イマリがやれやれといった面持ちで首を左右に振る。

「あくまでも相手が同意して、神心を顕現させて、差し出した時のみじゃ。無理に奪おうとしても、神心を得ることは叶わぬ」

「ということは、一人ひとり付喪神に、頭を下げて頼み込む？」

「わしの経験上、無駄じゃろうな。誰が好き好んで自らの命を削り、見ず知らずの付喪神に差し出す？」

イマリの問いかけに、僕は実際に自分の命を他の誰かに差し出すところをイメージしてみる。

……確かに。たとえ全部じゃないにしても、命を差し出すなんて、よっぽどのことがない限り、絶対にしない……と思う。

「ならばどうすればいいか？　答えは簡単じゃ。神心を多少差し出してでも、解決したい問題を抱えている付喪神を探せばいいのじゃ。そして約束させる。おぬしの問題を解決できたその暁には、神心を一ついただく……と」

イマリが神心のことを『一つ』と言ったことにより、僕は神心を、漠然としたイメージから、色と形を伴った、多少抽象的ではあるが、具体的なイメージへと、描き直すことができた。

おそらくは、夜の湖畔に漂う、蛍の光みたいなものなのだろう。星々の瞬きのように儚(はかな)くて、でも確かに存在する、そんな生命力に満ちた、強くて温かな光。

「……つまり」

イマリの話をまとめるためにも、なにより今後の方針をはっきりとさせるためにも、僕は言う。

「僕がしないといけないのは、困っている付喪神を見つけて、助けてあげること」

「そうじゃ。そしてなにより、これは付喪神を見ることができて、声を聞くことのできる――春人、おぬしにしか頼めぬことでもある」

幸か不幸か僕は、明日から洋蔵さんの店、つまりは古道具屋で、働くことになっている。だったら、なにか問題を抱えた付喪神にめぐり合うのも、そう難しいことではないかもしれない。

「春人は付喪神を助けて神心を集める。わしは元の力を取り戻したら、春人にかけられた呪いを解く。約束をたがえれば、双方にとって不利益が生ずる。であるならば、たとえ嘘(うそ)と打算にまみれた人間風情であろうとも、不用意に約束を反故(ほご)にすることもあるまい。約束は、互いに利益と不利益を共有することで、確固たるものになるからのお」

「大丈夫。約束は、絶対に守るから」

「ふむ。では、契約成立じゃ」

僕とイマリは契約成立の証(あかし)として、その場で握手をした。ただあまりにもイマリの姿がかわいらしかったものだから、なんだかお手をしているような気分になった。

＊

床の硬さに目を覚ますと、僕は眠い目をこすりながら、まだ新しい朝の光が差し込む、六畳間の部屋へと視線を巡らせた。

ベッドの上にのる、一匹の狼の子供。日の光に白銀の毛がきらりと輝き、布団からはみ出た尻尾が、まるで風にそよぐ稲穂のように、床とベッドの間でゆらゆらと揺れている。

周囲に散らばっているのは菓子のごみだ。僕が寝ている間に勝手に食べたのだろう。

……いる。本当に。昨夜のできごとは、夢じゃなかったんだ。

僕は膝を床に滑らせるようにしてベッドに近づくと、まじまじとイマリの顔をのぞき込んでから、つんつんと触ってみる。

「む？　むむむ……むう？」

おお……触れる。やっぱり幻覚じゃない。というか、毛……気持ちいいな。

我慢できずに、僕はイマリの背中をなでてから、そのふさふさの尻尾をもふもふする。

「おぬし……なにをしておる？」

目覚めたイマリと目が合った。

僕はとっさにイマリから手を離すと、その手を自分の頭のうしろへともってゆき、頭を軽くかきながら、視線を漂わせる。

「え、ええと……その、あの……」

「もしや、神聖なるわしの体に、触れていたわけではあるまいな？」

「……ごめん。あまりにも気持ちよさそうだったから」

「ふん。まあよい。とりあえずは馳走じゃ。さっさと用意せんか」

頷くと、僕は台所に向かい、朝食にと買っておいたクリームパンを皿に出して、ナイフで半分に切る。

飲み物は牛乳だ。自分の分はグラスに注ぎ、イマリの分は、飲みやすいようにとスープ用の平皿に注いであげる。

「イマリ、ふと思ったんだけどさ」

部屋に戻り、パンと牛乳をローテーブルの上に置くと、僕はイマリに聞く。

「どうしてイマリって狼の姿をしているの？　元は焼き物でしょ？　なにか関係があるの？」

ぷいっと、イマリが目を閉じてから顔をそらす。まるで答えないという意思表示をするみたいに。しかしすぐに目を開けると、ちらりとパンを見てから、口を開く。

「知りたいのか？」

「うん。できれば。気になるから」

「であるならば、そのパンをわれに差し出すか？」

「あ、うん。もちろん。こっちがイマリの分――」

言い終える前に、テーブルへと飛びのったイマリが、ぱくりとクリームパンをくわえて、二つとも、持っていってしまう。

「あ、それ、もう一つは僕の……」

「ほう！　このクリームパン、ホイップも入っておるではないか！　素晴らしい！　実に素晴らしいぞ！」

「あ、うん。というか、パンでよかった？」

「無論じゃ。いつもは、桜の作る朝食をつまみ食いしているのじゃが、毎度まいど和食ばっかりで、いいかげん飽きあきしておったところじゃしな」

桜さん、料理するんだ。確か昨日、エプロンの下に学校の制服を身につけていたし、まだ高校生とかなんだよね。その歳で料理って……本当に偉いな。

パンを無理やり取り上げるのも気が引けたし、多分そんなことをすると大変なことになる気がしたので、僕は諦めて牛乳をちびちびと飲み始める。

「して、どうしてわしが狼の姿をしているか、じゃったな？」

「うん」

「それは単純じゃ。大壺（おおつぼ）の一番初めの持ち主が、狼好きだったからじゃよ。わしの壺の隣には、いつも狼の剝製が立っとったわい」

「じゃあその物の置かれた環境によって、付喪神の姿かたちが決まると。基本、動物の姿なの？」

「そうじゃな。例外なく、全て動物の姿になるのぉ」

「ちなみに、名前は？」

「一緒じゃ。名前も環境に由来する。例えばある器物が犬のえさ皿に使われていたとしよう。犬の名前がポチだったなら、そこに宿る付喪神もまた犬となり、名前もポチとなる」

「なるほど、そんな感じなんだ」

答え終わると、イマリはクリームパンを食べ始める。どうやら甘い物が好きらしい。クリームの部分をなめると、「ほうっ」と感嘆の声をあげて、幸せそうな表情を浮かべる。あまりにもおいしそうに食べるものだから、見ているこっちも、なんだか幸せな気分になった。

＊

家を出て歩くこと十数分。住宅街を抜けた先、下町の一角に、洋蔵さんの店はあった。

くすみ、黒っぽい茶色になった壁板。軒の部分がアーチ状に膨れ上がった、瓦屋根の出入り口。一見するとそれは、古くからある銭湯の建物のようにも見えなくもない。暖簾の上には店名の彫られた分厚い木の看板が堂々と掲げられている。そこには次のようにあった。

【古道具みやび堂】と。

道路沿いに大きな竹のよしずが立てかけられているのだが、アサガオのつるがたくさん絡み付いているので、まるで自然のカーテンのようになっている。全ての蕾が花開けば、きっともっと色鮮やかになり、道行く人の目を楽しませるに違いない。

出入り口の前で立ち止まると、僕は一度そこで深呼吸をした。

打ち水により立ち込めるむわっとした夏の匂いが、すっと肺を満たすが、緊張による胸の悪さまでは、取り去ってはくれない。

上手くやれるだろうか……上手く話せるだろうか……なによりも骨董品、古い物……ようは黒い靄は、大丈夫だろうか…………。

いつまでもうだうだとしている僕に対して業を煮やしたのか、肩にのるイマリが、ぱこんと後頭部へと、猫パンチよろしく、狼パンチをくらわせる。

「早く入らんかい！　なんと煮え切らないやつじゃ！　勢いよく戸を開けて、『たのもーっ！』でいいではないか！」

いや、それはちょっと……。

とはいえ、いつまでもここに突っ立っているわけにもいかない。もうすぐ……約束の時間だし。

諦めという気持ちもあったが、なによりもイマリのパンチに背中を押されたので、僕は勇気を振り絞り、店内へと足を踏み入れる。

休日だが午前中だからか、店内に客の姿はなかった。あるのはいくらかの付喪神の姿だけだ。彼らは皆思い思いに時を過ごしており、骨董品や古道具に囲まれたこの趣のある空間で、次の買い手がやってくるのを、落ち着いた気持ちで待っているみたいだ。

目の前に広がる光景に、思わず僕は、安堵（あんど）のため息をもらす。

……よかった。黒い靄は、見えない。本当に、見えなくなっている。

レジの脇の、アンティークの置物や小物類の入れられたガラスケースの前にやってきたところで、かすかに泣き声が聞こえた。なんだろうと視線を巡らせると、ガラス扉の向こう側に、わんわんと泣き声をあげる、猫の付喪神の姿があった。

ガラスケースは縦に長くて、高さは大体僕の身長ぐらいある。左右と正面がガラス張りになっており、取っ手のついた両開きの扉を開けると、中が棚になっているといった具合だ。猫の付喪神は、僕の目線の少し下、三段目のちょうど中央付近に、まるで精巧に作られたぬいぐるみのように、うつむきかげんに座っている。

話しかけようかとも思ったが、約束の時間が迫っていたので、僕はとりあえず見て見ぬふりをして、店の奥へと呼びかける。

「あの……すみません」

「やあ、春人くん、待っていたよ」

レジの奥、引き戸の向こうから、洋蔵さんが姿を現す。昨日と同じく着物に身を包んでおり、安心感を与える柔和な笑みをその顔に浮かべている。

「……あの、昨日は本当に、申し訳ありませんでした。あの時は気が動転しており、しっかり謝れなかったので」

「いいからいいから。失敗や間違いは誰にでもあるよね。それよりきてくれて本当に助かるよ。これからよろしくね」

「はい。よろしくお願いします」

優しくほほえみ頷くと、洋蔵さんは店の奥へと顔を向けて、桜さんの名を呼ぶ。出てきた桜さんはレジの脇にかけられていたエプロンを取ると、慣れた手つきで身につけて、僕たちのもとへと歩み寄る。

「じゃあ桜、私は今から買い取りの依頼で出かけないといけないから、あとは任せていいかな?」

「うん、分かった。何時頃戻る?」

「多分、昼過ぎぐらいかな」

洋蔵さんが出かけると、店は僕と桜さんの二人だけになった。

黄金色の電球に照らされた、骨董品や古美術、古道具に溢れた店内。こちこちと音を立てる、壁にかけられたアンティーク時計。目の前に広がる陳列棚には、巧みなカットが施されたグラスやら、クリスタルでできた薔薇の花のペーパーウェイトやらが、店内の淡い光を反射して、きらきらと幻想的な世界を作り出している。

「春人さん、今までにどこかで働いたことある？　接客経験とかは？」

「ここが初めてです。高校の時は、アルバイトが禁止されていたので」

桜さんの、倦怠感の漂うため息。なんだかぴりぴりした空気が広がったような気がする。

「本当に大丈夫なの？　骨董品って、取り扱い難しいよ」

「が、頑張ります」

口をつぐみ、じっと僕の目を見る桜さん。

息が詰まりそうだ。

すると先ほどから傍観していたイマリが、僕の耳元で囁く。

「たくましい娘じゃろ。早くに両親を事故で亡くし、ずっと洋蔵のもとで育てられたからのお。環境が人を育てるんじゃ」

事故で両親を？　だからおじいちゃんと二人で暮らしているのか。

料理ができたり、その歳で店を任されるぐらいに仕事ができたりするのも、おそらくは生きていくため……。

「じゃあとりあえず」

髪をくるくるしながら、桜さんが店内へと視線を巡らせる。

僕も桜さんの横に並ぶと、同様に店内を見てみる。

改めて見ると、店内は結構広かった。スタンダードなコンビニぐらいはあるだろうか。外周が通路になっており、中に棚が三列走っているといった具合だ。二階もあるようだが、そこは奥の居間と同様に、居住スペースになっているらしい。

ほどなくして、桜さんがあごに手を当てて頷いた。そして踵を返してレジ台の裏に回ると、ロッカーからよく使い込まれた箒とちりとりを取り出して、僕に渡した。

「とりあえず今はなにも任せられないから、掃除でもしててもらっていい？」

正直、この提案には、胸をなで下ろさずにはいられなかった。いきなり店番とか接客とかを任されたら、しどろもどろになり、醜態をさらすどころか店に迷惑をかけてしまうのは、間違いなかったから。

「なんていうか、全然お客さんこないね」

店先のごみを掃きながら、僕はイマリへと言う。

出入り口の左側には大きな狸（たぬき）の置物が置かれている。右側には茶色と黒の水瓶（みずがめ）が、それぞれ水の入れられた状態で並べられている。狸の置物の足元では、なんと本物の狸がいびきをかいて寝ているが、おそらくこれは僕にしか見えない付喪神なのだろう。起こさないように置物の背後へと回ると、いつからあるのかは分からないが、枯れた落ち葉が溜（た）まっていたので、箒で掃いてちりとりへと入れる。

「まあ、みやび堂は大体こんな感じじゃぞ。わしはしばらく博物館の方にいっておったから、ここに帰ってきたのは半年ぶりじゃが、なにも変わっておらん」

夏の日差しに喉が渇いたのだろう。肩から音もなく軽快に飛び下りると、イマリは水瓶へと近寄り、中の水をぺろぺろとなめ始める。静けさを湛（たた）えていた水面に波紋が広がる。

そんな光景を見ると、僕の胸中にかすかな疑問が浮かんだ。

「今朝も思ったんだけど、イマリって物が食べられるんだよね？　付喪神は皆そうなの？」

「いや、これはわしが力の強い、いわゆる高位の付喪神だからじゃ。大半は低位の雑魚付喪神じゃからのう。食べることはおろか、物に触れることもできぬわ」

昨日もイマリの口から、『高位』とか『低位』とか、そんな言葉が出ていたけど、やっぱり付喪神の世界にも、階級みたいなのがあるんだな。

「高位だと物に触れられるってことだけど、他になにかできることってあるの？」

「知りたいか？」

「うん。できれば。イマリとは、長い付き合いになりそうだし」

ふんと鼻を鳴らすと、イマリがズボンのポケットに入った、僕のスマホを手で示す。

なんだろうと思い取り出すと、いつの間にかブラウザが起動しており、画面には、とある洋菓子店の、商品紹介のページが表示されている。

「ネット？　というのか？　先ほどスマホをいじり回していたら、見つけたぞ」

イマリ……ついにネットにまでも、手を出し始めたか……。

「その洋菓子店に、シャインマスカット・ショートケーキなるものがあるらしい。しかも夏限定ということじゃわい」

「……はい」

「それをわしに捧げるというのであれば、教えてやらんでもないぞ？」

ワンカット五百九十円……でもまあ、正直僕も食べてみたいし、一石二鳥か……？

「分かった。あとで買ってあげるから」

「うむ。よかろう」

目を閉じて、顔を上げると、イマリが説明を始める。

「低位とか中位とか高位とかは、基本、神心の量で決まる。とはいえ、はっきりとした基準があるというわけではない。なにができてなにができないかで、その者の階級は決まる」

「その一つが、物が食べられる、つまりは現実の物に触れられるかどうかってことか。他には？」

「例をあげたらきりがないが、そうだな、代表的なのが、昨日、わしが行った、依代（よりしろ）の乗り換えじゃわい。他には、その者特有の能力が使えるようになったりする。狐（きつね）の姿であれば、人の姿に化けて、人間社会に溶け込んだり、鳥の姿であれば、他の鳥の目を借りて、空から物を見たり」

高位にもなると、そんなことまでできるようになるんだ。

イマリは……と一瞬思ったが、なんとなく聞くのを差し控える。

びびったというか足がすくんだというか、知り合って間もないのに、ずかずかと踏み込むのは、よくないと思ったから。

――とにかく、今は神心集めだ。呪いを解く……というのも、おそらくは高位だからこそできる芸当なのだろう。だったら、神心を集めて、イマリを元の状態に、高位に戻してあげることが、先決だ。

「イマリ、神心集めだけど、店に一人気になる子がいるんだ」

「ガラスケースの中にいた、懐中時計の付喪神じゃろ。白猫の」

「うん。泣いているあの子。昨日初めて店に入った時も泣いていたし、絶対にあれ、困っているよね」

「じゃな。とりあえず話を聞いてみるかのう」

肩に飛びのると、イマリは尻尾で僕の背中をぽふぽふと叩きながら、命令口調で言う。

「ほれ、はよいかんかい。春人、おぬしが聞くんじゃぞ」

「分かったから、そんなに急かさないでよ」

店内に桜さんがいないのを確かめてから、僕は忍び足で、レジの脇にあるガラスケースへと向かう。

こんこんと扉を打つと、懐中時計の付喪神である白い猫が、顔を上げる。

淡い水色の瞳が特徴的な、ペルシャ猫だ。しかし悲しみからか、本来であればふわふわしているであろう全身の毛が、切なくも萎えてしまっている。目元付近も涙に濡れてべたべただ。その様子からも、よっぽどのことがあったのは間違いなさそうだ。

「……ねえ」

僕は言う。白い猫の付喪神に向かってではなくて、肩にのる、イマリへと。

「やっぱり、イマリが聞いてくれない？」

「は？　なぜじゃ？」

「いや……なんて声をかけたらいいのか……」

僕の発言に、イマリは目を丸くすると、その後に疲れたように目を伏せて、やれやれといった面持ちで首を横に振る。

「なんともはや……最近のおのこは……。これでは少子化は避けられんぞ」

……そこまで言わなくても。

「だがわしも高位の付喪神じゃ。一時は神にも近づいた、崇高なる存在じゃ」

おお！　頼もしい！

「ゆえに、ここは心を鬼にして、人の子を導こうぞ！」

ぱこんと、例のごとく狼パンチが、僕の後頭部に炸裂する。

「ぐだぐだ言わんと、さっさと聞かんかい！　この腑抜け者めが！」

イマリに背中を押された……というか実質尻を蹴り飛ばされたので、僕はしぶしぶといったていで、白い猫の付喪神に声をかける。その声は、不甲斐ないほどに弱々しくて、我ながら、全くもって頼りない。

「ええと……その、なにかあった？」

「えっ!?」

白い猫の付喪神が、驚いたように目を見開く。そして胡乱な眼差しで僕を見てから、恐る恐る言う。

「……やっぱり、私のこと……見えてるんですか？」

「あ……うん……」

僕から話しかけておいてなんだけど……猫と話している、その体験があまりにも新鮮すぎて、一瞬なにを言えばいいのか分からなくなってしまう。もちろんすでに狼であるイマリと言葉を交わしてはいるのだが……やっぱり衝撃は衝撃だ。しばらく慣れそうにない。

そんな僕へと、まるで助け舟を出すように、イマリが僕の代わりに口を開く。

「こやつは山川春人。わしら付喪神を見ることのできる、数少ない人間の一人じゃ」

「私たちのことを、見ることができる？　……そんな人がいると、噂には聞いていましたが、会うのはこれが初めてです」

「しておぬし、わしのことは知っているな？」

「はい。大先輩のイマリさんです。何度か店で、見かけましたので」

「おぬし、名は？」

「私の名前はマリアンヌです。マリアと呼んでください。この……」

すぐ脇にある、銀の懐中時計を手で示す。

「懐中時計に宿っている付喪神です」

「ふむ。では、ここからが本題じゃ。おぬし、一体なぜに、涙など流しておる？」

「……聞いて、くれるんですか？」

頷いて答えると、イマリはまるで合図でもするように、僕へと顔を向けて、同じように頷いてみせる。

イマリの意図を察した僕は、ガラス扉の取っ手に手をかけて、音が出ないように慎重に開ける。

一瞬、マリアが戸惑ったように、僕を、そしてイマリを見たが、その後に意を決したように、すぐ隣にあったレジ台の上へと飛び移り、僕たちを見上げる。

「とにかく、話を聞かせてもらってもいい？」

人差し指で頬をぽりぽりとかきながら、僕は言う。つうと、目をそらしつつも。

「な、なんていうか……誰かに話すだけでも、だいぶ気が楽になるかなーって」

「春人さん……」

鼻をひくひくとさせると、マリアは手で目をこすってから、おもむろに語り始める。

「少し前のことです。私はご主人様と一緒に旅行に出かけました。初めての旅行だったので、私は嬉しくて嬉しくて仕方ありませんでした。しかし帰り際、ホテルのロビーでくつろいでいたご主人様は、私がポケットから落ちたことに気づかなかったのです」

ご主人様というのは、おそらくは元の持ち主のことだろう。その呼び方からも、マリアが元の持ち主のことを、相当に慕っているのがよく分かる。

「それから、どうなったの？」

「私は誰か知らない人に拾われました。しかしその人は、私をホテルのフロントに届けることなく、そのまま質屋に売ってしまったのです。それから私は色んな人、色んな店を転々としました。そして最近、この店にやってきたんです」

「そっか……じゃあマリアは、ご主人様と離れてしまったことに、泣いていたんだね？」

「はい。ご主人様は私のことを本当に大切にしてくれました。そんなご主人様のことが、私は大好きです。できれば売られる前に、もう一度だけ会いたい……もう一度だけ……」

言葉に詰まったマリアが、再び涙を流して泣き始める。手で拭うことなく下を向いたので、涙は直接レジ台の上へと滴る。ぽたぽたと描かれるその水玉模様は、まるで心の傷口からたれた血痕のように、僕の目には映る。

「ご、ごめんなさい。つい取り乱してしまって。この状況に慣れてはきたんですが、買われる前というのはやっぱり不安で……。ご主人様からまた遠のいてしまう、次はもうチャンスがないかもしれないって」

「買われる？」

マリアの言葉に、僕は自ずと店内を見回す。

たくさんの骨董品に、山のように積まれた大物家具類の数々。

すぐに買われるかもしれないし、あるいはしばらくの間は、誰の目にもとまらないかもしれない。買われるか買われないかは、正直運によるところが大きい気がしないでもない。

「なんていうか……まだ、分からないよね？」

「だめなんです。もう……だめなんです」

どういうことだろう？　僕は首を傾げて聞く。

「私今、ネットオークションに出品されているんです。その締め切りが、今日の夜の九時なんです」

「ネットオークション？」

思わず口にする。なんとなく、古い店の雰囲気と、ネットオークションというものが、結びつかなかったから。

「これじゃな」

イマリがズボンのポケットに入っているスマホを示したので、僕は取り出して画面を見てみる。

そこにはネットオークションのページが開かれており、商品画像には、マリアの宿り先と同じ、銀の懐中時計が表示されている。

出品店は『古道具みやび堂』。出品者は『小泉桜』。

――桜さんの名前を見て、僕は納得した。ネット関係は、洋蔵さんではなくて、若い、桜さんが主導でやっているのだと。

「どうやら、オークション以外でも、色々と出品しておるみたいじゃな」

目を閉じたイマリが、なにやら神秘的な力で、スマホを遠隔操作してゆく。アマゾンとか、楽天とか、メルカリとか……ブラウザのタブが、結構なスピードで、開いたり消えたりを繰り返している。

……というかイマリ、この短時間で、随分とスマホを使いこなすようになってきたな。

空恐ろしいというか、末恐ろしいというか……。

「これを見る限りでは、すでに入札者が何人かいるみたいじゃのう」

オークションの画面に戻したイマリが、入札履歴の部分を確認する。

「今の時刻が十四時じゃから、夜の九時に締め切りとなると、大体七時間か」

「でも、すぐに発送するわけじゃないよね？　次の日の営業時間内に発送するとしても、もう少し余裕があるっていうか……」

「甘いぞ、春人よ。おぬしは桜や洋蔵の性格をまだ分かっておらぬな。あやつらは真面目じゃ。呆れるほどに生真面目じゃ。ゆえに、ネットだろうがなんだろうが、先に『買う』と言った者に、商品を売るじゃろうて。発送云々関係なしに、本日夜の九時の時点で落札した者優先で、商品を受け渡すのは目に見えておるわい」

そう……なんだ。でも、普通に考えたら、そうかもしれない。出品形態は、個人ではなくて、あくまでも法人なのだ。落札させておいて、こちらの都合で身勝手にキャンセルをするなんて、店の信用にもかかわる。たとえ秘密裏に行い、そのキャンセルの事情が相手方に決してばれないとしても、そういう道理に背いた行為は、雰囲気や対応、言葉の端々に、かすかな綻(ほころ)びとして出てくる……多分そういうものなんだ。

「して、ここからは一つ、交渉といこうではないか」

肩の上に立ち、前脚を僕の頭の上にのせたイマリが、傲慢(ごうまん)にもマリアを見下ろしながら、口を開く。

「交渉……ですか？　それは一体……」

「現在おぬしは、元の持ち主を捜している。他の人に買われるのではなく、できれば元の持ち主に買われたいと、そう切に願っている。そうじゃな？」

首を縦に振り、マリアが答える。

「その願い、わしらが叶(かな)えてしんぜよう」

ただし、と続け、なにか言おうとしたマリアの口をすぐさまふさぐ。

「その依頼を達成した暁には、おぬしの持つ『神心』を一つ、いただくことになる。どうじゃ？」

「神心を……ですか？」

端(はな)から答えは決まっていたのだろう。言葉尻は質問口調ではあったが、マリアは迷うことなく、ただちに、イマリの提案にのっかる。

「もちろんです。それでご主人様に、もう一度会えるのなら」

「うむ。交渉は成立じゃ。では頑張るのじゃぞ。我が従者、春人よ」

弱々しく顔を上げて、「よろしくお願いします」と囁（ささや）くように言うと、マリアは手で目元を拭ってから、ぺこりと頭を下げる。水色の瞳は赤く充血してしまっているが、イマリの提案に励まされたのか、わずかだが光が宿ったようにも見える。

「じゃあ、さっそくなんだけど」

僕は壁にかけられた時計へと目をやってから、マリアを見る。時刻は十四時十分……時は、刻一刻と流れていっている。

「そのご主人様っていうのは、一体誰なの？」

「原和彦（はらかずひこ）さんです」

「うん、他には？」

「他……といいますと？」

「住所とか電話番号とか、そういうのは覚えていない？」

「住所は、確か東京都の……。ええと、電話番号は……。ごめんなさい。住所も電話番号もはっきりとは覚えてなくて。ご主人様、そんなことほとんど口にしなかったから」

言われてみればそうだよね。時計に向かってわざわざ自分の住所とか電話番号を口にする人なんていないし。

腕を組み、黙り込んだ僕へと、イマリが口を開く。

「自宅の周りの風景とかは覚えておらんのか？　とマリアに聞くのじゃ」

「自分で聞きなよ。……目の前にいるんだから」

「ふんっ、どうしてわしのような偉大な者が、こんな低位の雑魚付喪神に『おうかがい』をせねばならんのじゃ。ばかも休み休みに言えい」

やれやれ。僕は小さく首を横に振ると、マリアへと聞く。

「自宅の周りの風景って覚えている？　例えば、特徴的な建物があったとか、すぐそばに店があったとか」

「風景、ですか？　……海。自宅から歩いてすぐのところに、海がありました。ご主人様、よく堤防沿いを奥様と散歩していたんですが、お腹(なか)にお子さんが宿ってからは、二人のことを心配して頻繁にはいかなくなったので、そういう意味でも強く印象に残っています」

「その海、どこにあるの？」

「ごめんなさい、それもちょっと……。ただなんといいますか、砂浜とかそういった感じではなく、閑散としていました」

どこまでも続く堤防に、郊外特有の低い建物の町並み。海は広くて、きっと空は高いのだろう。マリアの言葉を聞き、僕はそんなイメージを頭の中に膨らませる。

「他に、なにか思い出せることはない？」

うーんとうなり立ち上がると、マリアはその場に円を描くようにして歩き始める。視線を足元に固定している。どこか理性のある人間っぽい動きだ。

「そういえば、自宅のすぐそばに川が流れていました。なんていうんでしょう？　川が海に流れ込むところです」

「河口……かな？　ちなみに、その川の名前は？」

「それは分かります。左近川(さこんがわ)です。看板が立っていたので覚えています」

「ほうっ」

マリアの予想外の返答に、イマリが身体(からだ)をぴくりとさせる。だがすぐに、別に興味はないとでもいわんがごとくぷいっと顔をそらすと、なぜか僕の後頭部へと狼(おおかみ)パンチを繰り出す。

後頭部をさすりながら、僕は思う。原和彦という名前、妻帯者でありそれ相応の年齢、場所は左近川河口の徒歩圏内。ピンポイントとはいかないが、いいところまではいけるかもしれない、と。

「マリア、他には……」

「春人くん？」

呼びかけられて振り向くと、そこには買い取りから戻ってきただろう洋蔵さんの姿があった。一人でぶつぶつと言っていた僕に対して、もしかしたら不審感を抱いたかもしれない。訝(いぶか)しげな顔で困ったように首を傾げている。

「あ、いえ……この懐中時計なんですが、ちょっと気になって」

「懐中時計？」

ガラスケースをのぞき込んでから、僕に向き直る。そして小さく口を開けて右手で左頬を軽くさすってから、どこか納得したように、その場で何度か相槌(あいづち)を打つ。

「ああ、やっぱりきみは……」

「え？　やっぱり？」

「いや、なんでもないよ」

洋蔵さんはガラスケースから懐中時計を取り出すと、一度レジの中に入り、引き出しを開けた。手に取ったのは黒のアクセサリートレイだった。品物に傷がつかないように特殊な布が張られている。スエード調というのだろうか。さらさらした優しい素材だ。懐中時計は銀色で、おまけに文字盤も白なので、トレイの黒の背景にとてもよく映えた。

顔を近づけてじっくり見てみると、その懐中時計はとてもシンプルなデザインであると分かった。

黒くて細い時針と分針。周囲には大きめのローマ数字が車座に並んでいる。六時の部分に秒針の小さな針がついているのだが、それだけだ。それ以外には特に凝った仕掛けは見られない。シンプルさを極めて実用性に特化したと……まさしくそんな感じだ。

目を引くのがチェーンをつける突起部分なのだが、この懐中時計は三時の方向についていた。よく見かけるのは上部、つまりは十二時の方向についている物なので、これは僕の目には珍しく映った。

「一八七〇年前後に作られた、ウォルサムの懐中時計だよ。十一石仕様の、チラネジ付き切りテンプもの。概要はペンダントのところにある値札に書いてあるから」

「ペンダント？」

「ああ、そうだね。ペンダントっていうのは、『竜頭』と『かん』の総称だよ。竜頭はここ」

洋蔵さんが、懐中時計の突起部分を指さす。

「そしてかんは」

次に、チェーンをつける輪っかの部分を示す。

「チェーンや紐をかけるための、この部分だね」

竜頭にかん……そういう名前がついているんだ。

僕は、かんにつけられた値札に目を落としてみる。

【Waltham P.S. Bartlett Model:1857　鍵巻き　銀無垢　オーバーホール済み　傷有り　フタ裏に刻印あり　９０，０００円】

初めの英語は、多分メーカーとかシリーズの名称なのだろう。鍵巻き？　銀無垢？　分かるような分からないような……。オーバーホールに関しては全く見当がつかない。

「すみません。このオーバーホールというのは……？」

「分解清掃のことだよ。機械式時計は時折ばらしてメンテナンスをしてあげないと、調子が悪くなってしまうからね」

洋蔵さんは懐中時計を手に取ると、竜頭部分のボタンを押しながら蓋を閉じて、ゆっくりと指を離す。

「蓋を閉める時は、ボタンを押しながらゆっくりとがいいね。ぱちんと閉めてしまうと、爪の部分が磨耗してしまうから。ちなみに蓋のついているこういう懐中時計を『ハンターケース』っていうんだよ。蓋がなくて、文字盤部分を守るガラスがむき出しになっているのを『オープンフェイス』、蓋があるけど小窓がついていて、開けなくても時間が確認できるのを『ハーフハンターケース』っていうんだ」

「ハンターというのは、そのまま狩猟からきているみたいじゃぞ」

耳元でイマリが囁く。もちろんこれは僕のみで、洋蔵さんには聞こえない。

「激しく動き回るから、衝撃でガラス面が割れないように、みたいな感じじゃ。ハーフハンターケースには逸話があり、癇癪（かんしゃく）持ちのナポレオンが、蓋を開けるのが面倒くさくて、ナイフでくり貫（ぬ）いたというのが発祥らしい。面白いのう。ネットに書いてあったわい」

イマリの口調には、どこか知識をひけらかす、子供っぽさのようなものが漂っている。僕のためにわざわざ調べてくれたというよりはむしろ、遊びの延長で補足を加えたといった感じなのだろう。一方的かつ関係のないところできゃっきゃと笑い声が入るのが、その証拠だ。

再び洋蔵さんが説明を始めたので、イマリは口を閉ざしてネットへ、自分の世界へと潜り込んでゆく。

「機械式の場合、歯車とかゼンマイとかテンプとか、中のムーブメントが見えるように、表と裏がスケルトンになっているのをよく見かけるよね。それは機械式時計だからこその面白み、それを前面に押し出そうという、ある種の仕掛けなんだよ」

「でもこれは」僕はマリアの懐中時計を指さす。「中が見えないですよね」

「そういうタイプだから、といえばそれで終わってしまうんだけど、あえて理由をつけるなら、昔は純粋に時間を見る物だった、ってことかな。今の人は携帯電話とかで十分に事足りちゃうよね。ただただ時間を知りたいだけなら、クォーツ式の電波時計の方がよっぽど実用的だし。そういう意味でも懐中時計は、時間を見る道具というよりはむしろ、芸術品を楽しむ、という物に、変わりつつあるのかもしれないね」

洋蔵さんは慈しむような眼差(まなざ)しで懐中時計を見ると、表、裏と、手の上で返してから、蓋の部分を指でなでた。そして親指と人差し指で挟むようにして持ち上げると、そのままそっと僕へと差し出した。

「あっ、重たいですね」

「ケースに『silver925』という刻印があるよね。それは銀が92・5パーセント使われていますよっていう証(あかし)なんだ」

　そっか、だからこんなにずっしりとした重みがあるんだ。

「銀無垢っていうんだよ。白く輝いているよね？　それが特徴なんだ」

　でも、と言い、洋蔵さんは引き出しから一枚のクロスを取り出す。僕から懐中時計を受け取ると、そのクロスの上にのせて、包むようにして優しく磨き始める。

「時折磨いて手入れをしてあげないといけない。硫化して輝きが失われてしまうから」

「なるほど……面白いです。勉強になります」

　……今までは、黒い靄(もや)が怖いと、端(はな)から骨董(こっとう)品とか古い物とかを避けていたけど、こんな小さな懐中時計の中にも、作り手の工夫、思い、歴史、逸話、メリット、そして反対にデメリットなどが、たくさんつまっているんだ。だとすると……。

　僕はそっと、骨董品や古美術、そして古道具などに溢(あふ)れる店内へと、視線を巡らせる。

　ここにある一つひとつの物にも、マリアの懐中時計と同じように、たくさんの物事が、なによりも人の思いが、つまっているに違いない。

　確かに、古い物に対して、もう忌避感はないと言えば、嘘(うそ)になる。でも同時に、もっと知りたいという思いが少なからずあるというのも、また事実だ。

　この二つの感情と、どのように向き合えばいいのかは、まだ分からないけど、イマリとの神心集めや、みやび堂でのアルバイトを通して、もしかしたら、なにか答えが見つかるかもしれない。

だから……だから僕は……。

磨き終えると、洋蔵さんはガラス扉を開けて、懐中時計を元の場所に戻した。

そんな様子をすぐ脇で見ていたマリアが、洋蔵さんへと優しくほほえみかけると、まるでお礼を言うように、小さくその場でお辞儀をした。

マリアの体が光ったのは、彼女が顔を上げたのと、ほぼ同時だっただろうか。その光はほんのわずかで、店内の淡い明かりにさえもかき消されるぐらいのものであったが、確かに光った。

やがて光は、空に粒子が舞うように、さらさらと洋蔵さんの方へと流れ始めて、彼の体を覆ったが、マリアと洋蔵さんとでは体格差がありすぎるからか、拡散域が広いのか、そのまま見えなくなってしまう。

……今のは、一体なんだったのだろう。目の錯覚？　幻覚？　……もしかしたら、神心となにか関係がある？

「三時だね」

ぼーんという、掛け時計の時報の音とほぼ同時に、洋蔵さんが言う。

僕は、洋蔵さんの声により、意識が現実へと引き戻されると、自ずと、時計へと目をやる。

「今日は、早めに店を閉めようかな。私はこれからもう一件お得意様のところにいかなければならないし、桜も夕飯の支度とかで出かけると思うから。春人くんはまだ一人だと不安だよね？　今日のところはあがってもらって構わないよ」

「え、でも、いいんですか？」

「うん、少しずつ慣れていってくれればいいから」

「すみません。……ありがとうございます」

カーテンを閉めて電気を消すと、店内のそこかしこに影が降りる。光といえば、カーテンの隙間から差し込む日の光ぐらいだ。閉店の準備で動き回ったためか、光の中にはきらきらと輝く埃（ほこり）が舞っている。

表へと回り店先の看板を裏返したところで、僕は額の汗を手の甲で拭いながら、イマリへと言う。

「懐中時計の元の持ち主捜しだけど、もう直接マリアをつれて、左近川河口までいこうと思うんだ。そこからは徒歩圏内みたいだし、そこまでいけばあとはマリアが案内してくれると思うから」

「そうじゃな。それが一番確実じゃろうて」

「で、スマホを使えるイマリにやってほしいことがあるんだけど、いいかな？　まずは左近川がどこにあるのかを検索してほしいんだ。場所が特定できたら、次に近辺に原和彦という人が住んでいないかを探してほしい。ＳＮＳは、知っているよね？　そこら辺を当たれば、多分出ると思うから」

「どうしてわしがそんなことを……と言いたいところじゃが、仕方ないのう。これも全て神心のためじゃわい。元の体を取り戻すまでは、しばらくは付き合ってやるかのう」

こきこきと首をひねると、イマリは大きく口を開けてあくびをする。そして僕の頭にもたれかかると、目を閉じて手で器用に涙を拭う。

「ちなみにじゃが、マリアをつれ出すと言ったが、どうするんじゃ？」

「どうするって？」

「付喪神は宿り先から決して離れることができんぞ。マリアをつれ出すとなれば、店からあの懐中時計を持ち出さねばならん」

「え？　そうなの？」

「当たり前であろう。器なくして、精神は存在できぬ。まあただし、例外はあるがの」

「例外って？」

「高位付喪神のその先、神心が極致に達した場合、各々の選択にもよるが、依代（よりしろ）を捨てて神になることができるのじゃ。さすれば、もはや依代なしに、自由に動き回ることが可能じゃわい」

「それは……すごいね」

ちなみに、と言い、僕は店の方へ、マリアがいるだろう方へと、壁越しに顔を向ける。

「マリアの階級は？」

「何度も言っておろう。あやつは低位中の低位、雑魚付喪神じゃわい。依代を捨てるなど、未来永劫不可能に違いないじゃろうな」

……だめか。となると、マリア抜きでいくしかないか。店の商品である懐中時計を、勝手に持ち出すわけにもいかないし。

勝手口から中に入ると、僕は自分の荷物を取りにいくために、台所を抜けてそのまま居間へと向かう。そして忘れ物がないかの確認をして、鞄のファスナーを閉めると、出発するために、今一度勝手口へと足を向ける。

「待て待て待てい！」

『待て』と言うたびに一度ずつ、イマリが僕の後頭部へと狼パンチをくらわせる。つまりは三回、僕は理不尽にもイマリに叩かれたことになる。

「懐中時計はどうした？　マリアをつれていかねば、どうしようもないではないか」

「いや、店の商品を勝手に持ち出すわけにはいかないし……最悪、いなくてもなんとかなるかなって」

「なにを言うとる。いなくてもなんとかなるやもしれぬが、いたならば、その可能性はぐんと高まるであろうが。であるならばつれてゆく、違うか？」

「でも……だって……」

「ええい！　だってもへちまもないわい！」

ぼふんと、例のごとく、部屋一面に煙が広がる。

煙がはけると、そこには巨大化した、威厳すら漂う、イマリの姿がある。

イマリは、その大きな顔を僕へと近づけると、白くて鋭い牙をむき出しにして、きっと睨みつける。

……も、もしかして……イマリ……本気で怒っている⁇

「このわしが！　高位なるこのわしが！　たかが低位のマリアなんぞのために、動いてやると言っておるのだぞ！　下賤なる人間たるおぬしがそんな調子では、わしがばかみたいではないか！　違うか⁉」

息を呑んでから、僕は大きく二度、首を縦に振る。

「じゃったら！　今おぬしがやるべきことは分かるな⁉」

「わ……分かる」

「それでよい」

再びの煙。今度は先ほどよりも規模が小さくて、同じく煙がはけると、元の姿？　に戻った、かわいらしい、小さくなったイマリの姿がある。

イマリはぴょんと跳ねて僕の肩につかまると、レッツゴーみたいに手をのばして、僕を店舗に向かうように促す。

まさしく、蛇に睨まれた蛙だ。イマリのあんな姿を見せられては、従わないわけにはいかない。僕は渋々ながらも、店舗の方へと歩を進める。

ガラスケースの前に着くと、僕は指先で二度扉を打ち、音がしないように慎重に開ける。気づいたマリアは顔を上げると、猫特有の軽快な身のこなしで、僕の頭の上に飛びのる。洋蔵さんと桜さんがいないのをもう一度確認してから、僕は心の中で何度も何度も謝りつつ、懐中時計を手に取り、ハンカチで包むようにして鞄へとしまう。

……本当にごめんなさい。事が済んだら、いの一番に返しにきますから。

「今からおぬしを、左近川河口までつれてゆく」

目をすがめたイマリが、ちらりとマリアへと視線を送る。

「そこからの道案内が、おぬしの仕事じゃ」

「左近川へですか？　……分かりました。お願いします。ありがとうございます」

洋蔵さんに挨拶をしてから店を出ると、僕たちはその足で左近川河口へと向かう。

十五時過ぎとはいえ今は夏だ。まだまだ日は高い。青い空には白い入道雲が浮かんでいる。向かいの歩道には、元気よく花開いたたくさんのミニひまわりが、プランターに植えられている。耳を澄ますと、どこからともなく風鈴の音が、風にのり響いてきた。りーんりんと、風流にも。

＊

最寄りの駅から電車に乗り込み、一度日本橋へ出る。そこから東京メトロ東西線に乗り換えて、左近川河口に一番近いだろう駅、西葛西で下車をする。

改札から出るとそのまま大通りを南下、いくらかの公園地帯を越えたあとに、ようやく左近川河口へとたどり着く。

「マリア、着いたけど、どう？　正直、なんかさっきマリアから聞いた風景のイメージとは、違う気がするんだけど……」

「うーん……どうでしょうか」

言いながら、マリアは左から右へとゆっくりと首を動かして、風景を確かめる。

つられた僕も、首を左右に振り、今一度風景を見てみる。

コンクリートでできた頑丈そうな水門に、これまた頑丈そうなコンクリートの堤防。すぐ脇には首都高が走っており、トラックが通るたびに硬い走行音がここまで響いてくる。

確かマリアは、持ち主がよく奥さんと共に堤防を散歩していたと言っていたけど……個人的には、ここを頻繁に散歩したいとは、どうしても思えないな。

「で、マリア」

視線を上げると、先ほどから口を利かないマリアへと、僕はもう一度聞く。

「原さんの自宅は、一体どこ？」

「分かりません」

「え？　分からない？　でも……ここから徒歩圏内って……」

小さく首を横に振ると、マリアは身を乗り出して、上から僕の顔をのぞき込む。

垂れ下がった耳に、今にも泣き出しそうな悲しげな顔。マリアの不安な気持ちが、否応なく僕の心に流れ込んでくる。

「多分、ここじゃないです」

「ここじゃない？」

マリアが、内陸部を仰いで、建ち並ぶマンションを見る。

「風景が、全然違うんです。あんな壁みたいな建物なかったですし、なんかこう、空気感が違うというか……。ごめんなさい、曖昧で」

もしかして、同じ名前の、別の川だったとか？

「イマリ、ここ以外に、左近川ってあったりする？」

「いや、ないのう。世界中どこを探しても、左近川といえばここだけじゃな」

一体どういうことだろう？　マリアから聞いた話からすれば、この辺りで間違いないはずなんだけど。

　マリアを抱えて頭から下ろすと、僕は彼女の目を見据え、確認するように聞く。

「壁みたいな建物って、マンションのことだよね？　なかったってことは、原さんの家は、一軒家ってことでいいね？」

「はい、一軒家でした」

「どんな感じの家だったか、詳しく聞いてもいい？」

　頷（うなず）くとマリアは、空を仰いで目を閉じる。思い出しているのだろう。まぶたの裏に記憶を投影するように、目元付近をぴくぴくと動かしている。その様子はどこか、楽しい夢を見る子供のようだ。

「家は……二階建てでした。外壁は木で、黒っぽく変色していました。家の周囲は塀に囲われているのですが、それも同じような木の素材でできていたと思います。引き戸の門扉を開けて三つの敷石（しきいし）を渡れば、そこが玄関です。渡り切らずに左側へと進めば、庭にいきつきます。座敷（ざしき）に面した日当たりのいい庭です。庭には洗濯物干しとささやかな花壇、そして大きな金木犀（きんもくせい）の木がありました。毎年秋になると橙（だいだい）色の花が咲き、庭いっぱいに甘くて芳しい香りが満ちました。私はその香り、その空間が大好きでした」

　話し終えるとマリアは、目を開けて僕を見た。思い出に心がなぐさめられたのか、若干だが顔から、緊張感が引いたようにも見える。

「そんなことを聞いて、一体どうしようというんじゃ？」

相槌（あいづち）を打つ僕を横目に、イマリが聞く。

「いや、もう、直接歩いて捜すしかないかなと思って。この辺りってマンションやアパートが多いよね。一軒家だったら数も限られてくるし、十分に可能だと思うんだ」

「なるほどのう。まあ左近川河口というのは間違っておらんし、ここら一帯をしらみつぶしに歩き回れば、いずれは見つかるやもしれぬな」

「うん。頑張るよ」

「ふん」と鼻から息を抜くと、イマリはだるそうに首をすくめて、目を閉じる。

マリアは再び僕の頭の上にのると、「よろしくお願いします」と言い、その小さくてかわいらしい尻尾を、まるで感情を吐露するかのごとく、左右に振った。

左近川より南は、学校やら病院やら球技場やらと、比較的大きな施設に占められており、一軒家の住宅がほぼ皆無だったので、捜索範囲から外した。縦断する葛西中央通りより東側は、住宅街であり、確かに一軒家も多かったが、頻繁に散歩するには堤防まであまりにも距離がありすぎるということで、そこも捜索範囲から外した。

残るは左近川の北、葛西中央通りの西側だが、巨大なマンションの合間にちょこちょこと一軒家の家屋があるにはあるものの、どれもこれもぴかぴかで、マリアの言うような色あせた古い木造家屋というのはほとんどないように思われた。なによりも庭に大きな金木犀の木がある家となると、一軒も見当たらなかった。

とはいえ、諦めるわけにはいかない。地図を見ながらブロックごとに、一つひとつ表札を確認してゆく。

そして見つからないままで、一時間が経過。捜索範囲の全てを確認した僕は、ふらふらと歩道脇の黒い石でできた案内板のような物にもたれかかると、腕を組みその場で考える。

どうして見つからないんだろう？　左近川はここにしかないし、徒歩圏内……いやそれを越えて、実際に歩いてもみたのに。

それともなにか間違えている？

僕はなにか見落としている？

「春人さん、もういいです。私、諦めますから」

黙り込んだ僕に対して、マリアが言う。その表情、声は、今にも泣き出しそうなほどに弱々しくて、これ以上は僕に気を遣わせないように、本心を隠しているのが明らかだった。

「え、でも……」

「いいんです。私のために春人さんがここまで頑張ってくれた……それだけで十分ですから」

なにも言えずにうつむく僕。

気まずさを紛らわすように、この場を取り繕うように、僕は鞄(かばん)から懐中時計を取り出すと、包んでいたハンカチを解き、時間を確認しようと蓋を開ける。

針は十時十分の辺りをさしていた。あまり意識していなかったので今の今まで気づかなかったが、この懐中時計はゼンマイが巻かれていなかった。

僕の気持ちを察したのだろう。頭の上からのぞき込んだマリアが、まるで話題を変えようとでもするかのように、少しだけ声の調子を戻して言う。

「あ、もしかしてゼンマイ、巻きたいですか？」

「あ、うん。でもこれ、どうやって巻くの？　普通はこの竜頭の部分から巻くよね？」

「かんのところに小さな金具がついていますよね？　それ、鍵なんです」

マリアに言われて見てみると、かんの部分に、一・五センチほどの小さな金具がついているのが目に入る。飾りかなにかだと思い気にもしなかったが、まさか鍵だったとは。

「上のボタンなんですけど、実はそれ二段式なんです。普通に押すと表の蓋が開き、さらに押し込むと裏の蓋が開くようになっています」

試しに押してみると、表、裏、という順に開き、まるで貝が開いたような状態になる。

中の細工が見えるかもと裏面に目をやったが、残念ながらそこにはさらに蓋が覆いかぶさっていたので、見ることはできない。

「ムーブメントの前に銀のインナーケースがありますよね？　そこに小さな穴があります。ゼンマイは鍵を使いそこから巻くんです」

「そうなんだ。本当にアンティーク時計って感じだね。ありがとう、教えてくれて」

「いえいえ。とんでもないです」

売り物だし、勝手にゼンマイを巻かない方がいいだろうと思った僕は、そのまま蓋を閉じようと、手をやる。

「あれ？」

とっさに手をとめて、僕は目を細める。

「これって……」

「なんじゃ？　なにか見つけたのか？」

尻尾で僕の背中を叩（たた）きながら、イマリが聞く。

「いや、裏蓋の内面に、刻印が入っているんだ」

「裏蓋に？　なんと入れられておる？」

見えにくかったので、僕はもたれかかっていた案内板のような物から背を離すと、刻印面に日の光が差し込む位置へと、体の向きを変える。

「『贈　就職記念　原　和彦　殿』と書かれている」

「それだけか？」

「あと、その下にマークがある。ウォルサムのブランドロゴ……かな？　多分」

イマリに答えてから、僕はもう一度、今度はじっくりと、そのロゴを見てみる。真ん中、円下の部分が欠けた円。欠けた部分には『一』のように、横線が入っている。円の中心には、『I』を太くしたような、柱のようなものが立っている。

一見したところでは、一体なにを示しているのか、全く分からない。

「それは、ウォルサムのロゴではありません」

答えたのはマリアだ。触りたいのか、あるいはもっと間近で見たいのか、ぐっと手をのばしたので、僕は懐中時計をマリアへと近づけてあげる。

「ご主人様の勤めている会社のロゴです。この時計はお父様からご主人様へと、就職祝いとして贈られた物ですから」

「ふむ。会社のロゴとな」

ゆらゆらさせていた尻尾をとめると、イマリは身を乗り出すようにして、ロゴの刻印された裏蓋へと顔を近づける。

「マリアよ、会社名は分かるか？　その会社に電話をすれば、あるいは原なにがしとやらに、連絡がつくやもしれぬぞ」

「で、電話……」と、僕は青白い顔をして言う。「その役は、やっぱり……」

「春人、おぬしに決まっておろう。確かにわしは電話をかけることはできる。だが人間に声を届けることはできぬ。やつらは高位たるわしの声を、聞くことが叶わぬ、哀れな存在じゃからな」

電話は……正直かなり苦手だ。かかってくると腹の底がもやもやするし、相当に気分がのらないと、出ない時も多い。しかも今回は、こちらからかけるばかりでなくて、相手は見ず知らずの人で、さらにいえば会社という、どこかの組織で……。

「色々と考えてもらっているところすみません」

申し訳なさそうに、マリアがしゅんと肩を落とす。

「ご主人様の勤め先ですが……分かりません。でも確か、鉄道関係だったと思います。結局、一度もご一緒したことはありませんでしたが」

落ち込んだマリアの声を聞き、僕は自分が安堵したことに羞恥心を抱く。そんな自分に対して言い訳をするというわけではないが、僕はただちに、次の案を、まだ残されている可能性を、口にする。

「会社のロゴは、分かっている。なら、そのロゴを調べれば、会社名が分かるはず」

「どうやって、調べるんですか？　詳しい人に聞くとかですか？」

「ええと、ネットとかで……あっ、でも、ネットは文字を入力して検索だし、画像から文字の情報を探すっていうのは……」

「……ふう、全く仕方ないのう」

倦怠感の漂うため息をつくと、イマリが首を横に振る。やれやれといった、そんな面持ちで。

「スマホの付喪神であるこのわしが、なんとかしてやろうではないか。なに、全ては神心のためじゃ。別にマリアを哀れんでとか、そういうんじゃあないからな」

「できそう？　でもどうやって？」

ふんと鼻を鳴らすと、イマリは「まあ見ておれ」と言い、目を閉じて口を閉ざす。

一体どんな作業をしているのだろう。気になった僕は、スマホを取り出すと、画面を見てみる。

どうやらグーグルの画像類似検索を使い、同じロゴが掲載されているページを探っているみたいだ。イマリの記憶からスキャンしただろうロゴの画像を、色や大きさ、時には若干だが形を変えて、検索とやり直しを繰り返している。人がやったなら何倍もかかるだろうその作業を、イマリはまるで息を吸うように、さくさくとこなしている。

素直に僕は、イマリのことをすごいと思った。

イマリがスマホを使い始めたのは、昨日の夜だ。つまりはまだ十数時間しかたっていない。それなのにこれほどまでにスマホを使いこなすとは、一体どういうことなのだろう？

……確か、イマリは依代のことを、『精神の器』と言っていた。それはつまり、人でいう、『肉体』みたいなものだ。自分の一部だからこそ、隅々まで精通することができる、ということなのだろうか？

そういえば、昨日からずっと、スマホを充電していないけど、バッテリーが切れないどころか、今も満タンだ。これも、イマリが宿っていることと、なにか関係があったりするのだろうか？　というか……絶対にあるよな。

「見つけたぞ」

イマリの言葉に、改めてスマホへと目を落とすと、そこには東京地下鉄の歴史を紹介するページが、表示されていた。

「『帝都高速度交通営団』の団章じゃ」

帝都高速度交通営団？　なんの組織？

僕の気持ちを察したのだろう。イマリが説明を始める。

「ようは東京地下鉄を運営していた、メトロの前の組織じゃ」

「ああっ、交通営団のことね。それで、前っていうのは、どれくらい前なの？」

「交通営団からメトロに継承されたのは、二〇〇四年のことのようじゃ」

「え？　二〇〇四年？　十数年前？　でも、今結婚していて子供がいるんなら、計算は合うよね」

「いや、ところが……」

珍しくも言葉を濁すイマリ。困ったように手で頭をぽりぽりとすると、次にとあるページを表示する。それは交通営団についてさらに詳しく書かれたページだった。

「解散前、交通営団の団章は、『S』を図案化したものじゃった。つまりこの団章は、そのさらに前」

「前……というと？」

「交通営団発足から十数年、一九六〇年まで使われていたものじゃ」

一九六〇年？　今から約六十年前……？

息を呑むと、僕はマリアへと視線を送る。

マリアはなにがなんだか分からないといった顔で、小さく首を傾げている。

……まさか僕は、とんでもない勘違いをしていたのだろうか。だとしたら、もしかして——

「イマリ、ちょっと確認したいんだけど、いい？」

「なんじゃ？」

「もしかして付喪神って、人間と時間感覚が違ったりする？」

僕の言いたいことを察したのだろう。イマリはぴくりと鼻を上げると、答える。

「まさしくその通りじゃ。わしら付喪神と人間とでは、時間の感じ方が全く違う。人間たちにとっての一年は、わしらには昨日のことのように感じられる。もちろんわしみたいな偉大な存在ともなれば、あらかじめ人間たちのことを考慮して話すこともできる。じゃがこやつは……」

イマリが、マリアへと目を向ける。

「なんというか、素直の塊みたいなやつじゃ。自分の感覚と人間の感覚、おそらくは同じように考えておるのではないじゃろうか」

イマリの疑問をマリアに受け渡すように、僕はそっと、マリアへと顔を向ける。

「ええと……えと……。私、よく分かりません。時間とか、感覚とか……」

目をきょろきょろとさせて、困ったような顔をするマリア。

この反応、やっぱり。ということは、つまり……。

「原さんに懐中時計が贈られたのは、一九六〇年以前のことだった。つまり原さんは、現在かなりの高齢者になっている」

「ふむ。あり得るのう……」

「もう一つある。そう考えた理由が」

手のひらに懐中時計をのせると、僕は裏蓋を開いた状態で、イマリへと差し出す。

のぞき込んだイマリが、首を傾げて聞く。

「『贈　就職記念　原 和彦 殿』と刻印されておるのう。これがどうした？」

「へこんだ文字の部分、くすんで黒くなっているよね？」

「なっとるのう。……まさか」

気づいたのだろう。イマリはぴんと耳を立てると、僕と懐中時計を交互に見る。

「そのまさか。さっき洋蔵さんが言っていたんだ。ＳＶ９２５は硫化するって。もちろん定期的に手入れはしているみたいだったけど……」

突起部分、竜頭を指さす。

「細かい細工や凹凸のある部分は、磨くことができないから、いわゆる黒ずみみたいに、変色しちゃっている」

「つまり春人はこう言いたいわけじゃな？　手入れができない刻印部分の変色具合からしても、刻印が入れられたのは、相当に昔であると」

「そういうこと。いくら硫化するっていっても、数年じゃあここまでにはならないよね。このくすみ具合は、やっぱり数十年単位で経過しているとみて、まず間違いないと思う」

先ほど洋蔵さんに言われた通りに、僕はボタンを押しながら蓋を閉めると、懐中時計を鞄（かばん）へとしまう。それからマリアを抱きかかえて頭から下ろすと、彼女の目を見たり見なかったりを繰り返しつつ、おもむろに聞く。

「……マリア、いい？」

マリアが、戸惑ったような顔で、僕を見る。

「よく考えて答えてほしいんだけど……原さんとはぐれたのは、本当に『少し前』のことだったの？」

「はい、そうです」

「人の気持ちになって考えてみてくれる？　本当は結構前だったってことはない？」

「人の気持ち？　……よく分かりません」

「人の気持ちっていうのは……だから……その」

「よせ、無駄じゃ」

左右に首を振りながら、イマリが鼻から息をはく。そして僕の肩から音もなく地面へと飛び下りると、その場でぐっとのびをする。

「春人の言うそれは、概念を一変せよ、と言っているようなものじゃ。常識を疑うよりも、さらにハードルが高い」

それに、と言い、イマリが煩わしげな目を、僕に向ける。

「マリアと原の別れが、実は数十年も前だったと分かったところで、一体どんな意味がある？　場所が分からんことに、変わりはないではないか」

「まあ、そうだけど……」

「仮に原が懐中時計を紛失したのが、贈られてから十数年後の、一九七〇年としよう。それでも今から五十年も前のことということになるんじゃぞ。移ろいやすい人のことじゃ。もう時計のことなど忘れてし……」

突然、イマリが中途半端に言葉を切った。そしてそのままゆっくりと歩き出すと、僕の横を通過して、小さく口を開けたままの状態で、なにかを見上げた。

一体なにを見ているのだろう？　イマリの視線をたどり、僕も目を向けてみる。

そこには先ほどもたれかかっていた、黒い石でできた案内板のような物があった。特に意識していなかったので、なんなのかは分からなかったが、どうやら土地開発にまつわる記念碑のようだ。よく見ると下の部分に、『旧葛西海岸堤防記念碑』と書かれている。左右に一枚ずつ説明のパネルが埋め込まれているのだが、それぞれ内容が違い、左側が地図、右側が文章となっている。

「左上を見てみよ。地図の年代が一九七二年になっておる」

「一九七二年……でも、これって……」

ポケットからスマホを取り出すと、僕はただちに地図のアプリを起動する。一九七二年の地図ではなくて、現在の地図を確認するために。

「やっぱり。江戸川区の地形は、今と昔とではだいぶ違う。この石碑に書かれていることが確かなら、今ある左近川より南側は、七二年以前は、全て海だったということになる」

「つまり、埋め立てによりできた土地と、埋め立てによりできた川、ということじゃな。……なるほどのう。マリアの言った『風景が全然違う』というのは、こういうことか。どうりでいくら捜しても見つからんわけじゃわい」

「ええと……」

首を傾げたマリアが、戸惑った表情を浮かべる。

「一体どういうことですか？」

「分かりやすく言うと、今ある左近川は、昔は海岸線だったってことだよ」

「海岸線だった？　では左近川という川は、元々なかったということですか？」

「いや、あったんだ。埋め立て前は、違う場所に」

石碑の地図の上に指を置いて、ある地点を示す。今いる海岸線西側ではなくて、中央の、若干だが低く落ち込んだ地域を。

「川が流れていて、河口があるよね？　ここが埋め立て前の左近川の河口——つまりはマリアの言っていた、真の河口だよ」

地図を見ようと、マリアがぐっと身を乗り出す。心なしか、若干だがマリアの体温が上がったような気がする。気づいたのだろう。マリアは僕の方を向くと、目を見開いて言う。

「ここに、ご主人様の自宅が……ここに、ご主人様が……」

「うん、きっと」

顔を上げて、空を見る。

西の空に浮かぶ橙色（だいだい）の太陽と、その光を受けて黄昏色（たそがれ）に染まる入道雲。東の空には今まさに夜の帳（とばり）が下りようとしている。

時刻は午後六時。ネットオークションの終了時間が今日の夜九時だから、残りはあと三時間と、わずかしかない。

だったらもう、この足で直接現地にいくしか、方法はないよね。

「マリア、今からその、本来の左近川河口へと向かおうと思うんだけど、一つだけ確認してもいい？」

「はい。なんでしょうか？」

「さっきイマリが言ったように、マリアが原さんとはぐれたのは、今から約五十年も前のことなんだ。マリアにとってはそんなに長くは感じなかったかもしれないけど、僕たち人間にとっては、それは本当に長い時間なんだ。つまり、原さんはそれだけ歳を取り、見た目も随分と変わってしまっている。再会したら驚くかもしれない。それでもいいね？」

やはり上手く飲み込めないのか、マリアは目を落として、困ったような顔をする。だがすぐに口元に笑みを浮かべると、しっかりとした口調で、答える。

「はい。いくら歳を取ろうが、いくら見た目が変わろうが、私の大好きなご主人様に、変わりはありませんから」

「……よかった。それじゃあ」

「もう一つ、あるじゃろ」

一歩二歩と、僕とマリアから離れるようにして歩くと、イマリが背を向けたままの状態で、地面へと腰を下ろす。そして一度空を仰いでから、どこか物々しい雰囲気を醸し出しつつ、肩越しにちらりと、僕たちへと視線を送る。

「身勝手で移ろいやすい、人間の心についてじゃ」

要領を得なかったので、僕は口をつぐんで、次のイマリの発言を待つ。

マリアも同様に、黙ったままで、イマリを見据えている。

「五十年という歳月は、人の考えや想いを変えてしまう可能性を、十二分に含んでいる。つまりじゃ。原は、懐中時計のことを、マリアのことを、もうすっかり忘れて、大事じゃあなくなっているやもしれぬ……ということじゃ。おぬし、もしもそれに直面してしまった場合、たえることができるのか？」

「──はい」

今度は即答だった。

耳がぴんと立っている。尻尾もご機嫌に揺れている。マリアのその自信に満ちた表情からは、主人に対する信頼が、ひしひしと伝わってくるようだ。

「私は信じます。人の想いは、きっと時を越えて、通じ合うと」

人の想いは、時を越えて通じ合う……か。

マリアの言葉に、僕はふと、おじいちゃんとのことを思い出す。

縁側でのひなたぼっこ、一緒に食べたおやつ、夕暮れ時の散歩、こたつでしたトランプ……頭に浮かぶ追憶は、どれもこれもが温かな、日常的なことばかりだ。それが……あんな風に仲違いをして、謝れないままで、おじいちゃんはもう二度と会えないところへといってしまった。

本当のところ、おじいちゃんは僕のことを、どう思っていたのだろうか。

今となっては、もう分からない。もうなにも、確かめるすべはない。

マリアには……。

足元に視線を落としてから、僕は目を閉じて、腕に抱く、マリアの温かさを感じる。

僕と同じような思いをしてほしくないな。会えるのならば、会っておくべきだ。

取り返しのつかない後悔ほど、辛いことはないのだから。

＊

「この辺りみたいだね」

立ち止まると、僕は歩道脇にある手すりへともたれかかり、周囲へと視線を巡らせる。

水辺が広がっている。近辺が公園となっているので、町中にしては多くの木々が見受けられる。水辺の端、ちょうど僕の正面には、以前使われていただろう水門が、そのままの状態で残されている。

「マリア、どう？　原さんの自宅の場所、分かりそう？」

　真顔で、左から右へとゆっくりと頭を動かすマリア。まるでなにかを感じ取ろうとするように、息をとめて、目を見開いて、全身の感覚を研ぎ澄ましている。

「風景が随分と変わってしまっています。……でも、ここで間違いないです。あれを見てください」

　マリアののばした手の先へと、僕は視線を送る。住宅街の合間、低い建物の向こう側に、顔を出す一本の木の影が見える。薄明に照らされて橙色に染まった、一本の木の影が。

「あれって、もしかして金木犀の木？　マリアの言っていた」

「間違いないです。方角的にも合っていますし」

　そのままの表情、そのままの口調で、マリアが答える。様々な感情が溢れ出して、心の整理がつかないのかもしれない。木に釘付けになってしまっているその様子からは、余裕のなさが感じられる。

　歩くこと数分、家の前に到着すると、僕は顔を上げた。

　白い外壁が眩しい、二階建ての一軒家。門扉の横、インターフォンの上には、『原』と書かれた表札が、ＬＥＤの光に照らされて掲げられている。周囲はコンクリートの塀に囲われているのだが、妙に背が低くて、腰よりも少し上の高さぐらいしかない。侵入を防ぐ物というよりは、むしろ公道と私有地を隔てるだけの物、といった印象を受ける。塀に沿ってそのまま視線を左の方へと転じると、そこには生垣に囲われた庭と、大きな金木犀の木があった。季節が違うので花は咲いていないが、その代わりとでもいうように、生き生きとした緑葉を、夏の夕暮れ時の空になびかせている。新築であり、マリアの言うような古い木造住宅ではないが、五十年以上の月日がたっていると考えたら、建て替えられていても、なんら不思議はないだろう。

「春人さん、見てください。足元に、猫がいます」

目を落とすと、白い毛並みがかわいらしい、一匹の猫の姿があった。首輪がついていることから、どうやらどこかの家の飼い猫であるのは間違いないようだ。というか白い毛並みに淡い水色の瞳と、どことなくではあるがマリアと似ている気がしないでもない。

その場にしゃがみ、頭をなでてあげると、猫は気持ちよさそうに目を細めた。

「マリア、どこいってたんだ？　勝手に出ちゃだめだろ」

突然の男性の呼びかけに、僕は心臓が飛び出しそうになる。僕以外にも、こんなに身近に付喪神が見える人がいるのかと、本気でそう思った。

「ほらおいで、家に帰るぞ」

……なんだ。この猫の名前か。

門扉を開けると、その男性は猫を家へと招き入れる。

面長の顔に、整えられた黒いあごひげ。髪は長くて肩の辺りまであるが、大きく分けて額を出しているためなのか、どこか爽やかさが漂っているようにも感じる。Tシャツを重ね着しているのだが、上に着ているのが白だったので、下に着たバンドTシャツのロゴが、透けて見えている。歳は四十代半ばぐらいだろうか？　もっと若いと言われればそう見えるし、もっと年上だと言われればそう見える、そういった類の姿形をしている。

心の準備ができていなかったので、僕は面食らってしまい、思わず立ち去りそうになる。しかし好都合にも、自宅の前に立ち尽くす男を不審に思ったのか、その男性の方から話しかけてきたので、僕は逃げる選択肢をほぼ失い、代わりに会話の機会を得ることになる。

「えーっと……うちになにか用？」

「あっ、はい、その……原さんですか？　原和彦さんですか？」

歳からしても、普通に考えたらそんなわけがないのだが、この時の僕は、頭が真っ白になっていたので、本当に心から素で、聞いてしまう。

やれやれと、イマリが首を横に振る。その後に気づいたように、僕の後頭部へと狼（おおかみ）パンチをくらわせる。

「俺？　俺は違うよ。俺は原智彦（ともひこ）。原和彦は、俺の親父（おやじ）の名前」

表札の『原』を見て、もう間違いないだろうとは思っていたけど、これで確定だ。そしてこの人は、和彦さんの息子さん……つまりはマリアの主人の息子さん。

「怪我（けが）の功名じゃの」

イマリが、ため息なのか安堵（あんど）の吐息なのか、どちらなのかよく分からないような息をはきつつ、呟く。

「よもや春人の口下手が、こんなところで役に立つとはのう。きっかけはどうであれ、勢いと行動というものが、ある場合にはどれだけ大事かというのが、よく分かる好例とでも言うべきか、なんというか」

「なに？　もしかして、親父の知り合いかなんか？」

智彦さんが聞く。もしかしたら痺れを切らしたのかもしれない。もう一歩踏み込むためには、一体なにを言えばいいのだろうかと、僕は一人で黙り、考えていたから。

「あ、はい。あの……見ていただきたい物があるんです」

智彦さんからの返事を待たずして、僕は鞄から懐中時計を取り出す。そして竜頭の部分のボタンを押して蓋を開けると、内側にある刻印を手で示しながら、差し出すようにして智彦さんに見せる。

「こちらの時計なんですが、和彦さんの物ではないでしょうか？　裏蓋に刻印があったので……。他の方に買われてしまう前に、一度ご確認を……と思いまして」

智彦さんは、顔を近づけて刻印を確認してから、僕へと目を転じる。

「ああ……確かに、親父の名前が入ってる。……で、きみは？」

当然の質問だ。相手のことを聞くだけ聞いておいて、僕はまだ、自分のことをなにも話していないのだから。

とはいえ、なんと言えばいいのだろう？　率直に古道具みやび堂の者だと言えばいいのだろうか？　でも、たかがアルバイトだし、しかも働き始めたのは今日の朝から、ようは数時間しかたっていないど素人同然のぺいぺいだし。そもそも店の商品を勝手に持ち出している分際で、胸を張って店の名前を出すなんて、滑稽というか、ちゃんちゃらおかしいというか、自重するべきではないのか？

あれこれと考えた末に、僕は無難な落としどころとして、次のように答えた。

「ええと……その、古道具屋で、アルバイトをしている者です」

頭の上にのったマリアを落とさないように、僕は慎重に靴を脱ぐと、きちんと揃えてから、腰を上げる。僕が家に上がったのを確認してから、智彦さんは「こっちだよ」と言い、僕を和彦さんのところへと案内する。

和彦さんのところに向かう道すがら、僕はなにげなく、あとからついてくる白猫、もう一匹のマリアへと視線を送りつつ、聞く。

「……その子、マリアって名前なんですか？　あの、前にも、マリアって名前の猫がいたとか……」

「もしかして親父から聞いた？　まあそうだね。昔親父が飼ってた猫とそっくりだったから、マリアって同じ名前にしたんだ。ちなみにマリアって名前だけど、六〇年代にブレイクした、マリアンヌ・フェイスフルからとったみたいだよ」

マリアの名前の由来を聞き、僕は今朝のイマリとの会話を思い出す。付喪神の姿や名前は、依代（よりしろ）になり得るその物の置かれた、環境によって決まるという、あれを。

「ここだよ」

廊下の突き当たり、襖（ふすま）の前で、智彦さんが足をとめる。

どうやらこの先に、マリアの主人である和彦さんが、いるみたいだ。

「さあ入って」

いよいよだな、マリア。

心の中で言うと、まるで僕の気持ちを察したように、マリアが笑顔で、僕の顔をのぞき込む。

――誰もいない座敷（ざしき）。線香の香りに花の供えられた仏壇。鈴の横の写真立てには、こちらに笑顔を送る、老人の写真が入っている。

嫌な予感が、胸中に広がった。

「親父は去年死んだんだ」

息を呑（の）むと、僕は閉口して、ただただ写真へと顔を向け続ける。

「老衰だったみたい。詳しくは聞いてないけど」

淡々とした口調、淡々とした面持ちで、智彦さんが続ける。その様子からは、実の親のことなのに、どこか素っ気ないな、という印象を受ける。

「詳しく聞いていない……」

誰にともなく呟くと、智彦さんはそんな僕の言葉を拾い、まるで答えるようにして言う。

「俺、大学卒業と同時に実家を出たんだけど、親父とはそれ以来会わなかったから。……まあ、ちょっと色々あってさ」

「そう……なんですね」

色々あった？　仲違い？　聞こうか聞くまいかと迷っているうちに、廊下に出た智彦さんが、リビングの方を指さして言う。

「一応、時計見せてもらってもいい？」

「あ、はい。でも……」

「せっかくきてくれたんだしさ、一応だよ一応」

頷(うなず)いて返事をすると、僕は智彦さんのあとに従う。

頭の上にのったマリアからは、感情が震えとして、肌を通して伝わってくる。

やってきたのはダイニングだ。すぐ目の前には四人がけの木のテーブルがあり、キッチンの奥には、大きな冷蔵庫や食器洗い乾燥機、オーブンレンジなどが置かれている。

すすめられた椅子に腰を下ろすと、僕は鞄から商品である懐中時計を取り出して、裏蓋を開けた状態で、智彦さんへと手渡す。

『贈　就職記念　原　和彦　殿』……か」

刻印を読み上げつつ、智彦さんが文字を上から指でなでる。

「はい。……他になにか、これが確かに和彦さんの物であると、証明できるものがあれば
いいんですが……」

まさか、和彦さんのそばにずっといた、付喪神がそう言っている……とは言えない。

「あるよ」

立ち上がると、智彦さんはすぐ背後にあった棚から、一冊のアルバムを取り出す。アル
バムはとても古くて、写真をフィルムで覆うタイプではなくて、むき出しのままで、四隅
をテープで留めるタイプだった。

「見つけた。これだね」

アルバムをひっくり返して、僕へと差し出す。

「親父の、入社祝いの時の写真」

ジャケットを羽織った青年が、懐中時計を掲げて笑みを浮かべている。白黒写真なので
色は分からないが、そのシンプルなデザインは、マリアの懐中時計で間違いなさそうだ。

「……ご主人様」

僕の頭の上で、マリアが呟く。そしてテーブルへと飛び移り、今一度じっくりと写真を

見ると、「ご主人様です」ともう一度言った。

「ありがとう。もういいよ」

「……え？」

マリアに気を取られていたので、僕は一瞬、智彦さんの言葉に反応するのが遅れた。

「さっきも言ったけど、親父とは昔色々あったんだ。この懐中時計を見たら、なんか色々思い出しちゃったよ。別に思い出したくもないのに……」

……本当にそうなのか。

僕は、智彦さんの顔を見てから、懐中時計へと視線を落とす。

じゃあなんで、そんなに悲しそうな表情をするのだろう。

思い当たる節は、他にもある。猫の名前だったり、捨てずに取ってあるアルバムだったり。今しがた刻印の名前を指でなでたのだってそうだ。思い出したくないと言う割には、行動が一致しない。

そう感じるのは、僕にもあるからなのだろうか。おじいちゃんとの思い出が、仲違いが、すれ違いが……。

「春人さん、お願いがあります」

写真の中の和彦さんに、一心に視線を注ぎ続けるマリアが、僕の方を見ずに言う。

「ご主人様と智彦さんとの間に、一体なにがあったのかを、聞いてみてはくれませんか？」

えっ……それは……。

マリアの言葉に、僕は一瞬にして、心から温度を失う。まるで足の裏から床へと生気が抜け落ちたかのように、全身が、鉛のように重くなる。

「お願いです。春人さん」

……だけど、それは、智彦さんにとって、とても辛いことだったのかもしれないし。もしもそうだとしたら、聞いちゃいけない……聞くべきではない……きっとそうだ。

僕だったなら、僕だったなら……多分……おそらく……。

膝の上で組んだ手が、小さく震える。気づかれないようになんとか努めてはいるが、自然と、息が荒くなる。

「なにかの……間違いだと思うんです。あんなに優しいご主人様です。きっと……きっときっと、なにかの行き違いがあった……そうとしか思えません」

行き違い——

僕は、マリアの言葉の一部を、繰り返す。何度も何度も繰り返す。

行き違い……行き違い……行き違い……悲しくて切ない、行き違い……。

ぱこんと、後頭部に衝撃が走る。

はたと気がつき顔を上げると、肩につかまるイマリが、横からにゅっと顔を出す。

「なにをうじうじしておる？　さっさとこやつに事情を聞かんかい！　そもそもこやつ、先ほどから聞いてほしそうにしておるではないか」

イマリの言葉に、とっさに僕は、智彦さんへと顔を向ける。

智彦さんはというと、どこか神妙な表情を浮かべつつ、和彦さんの物だった懐中時計を、手の中で転がし続けている。

「人間とは、そういうもんなんじゃろ？　数百年の時の中で、やたらに数だけは、人間を見てきたからのう。そのわしが言うておるのじゃぞ。間違いない！　人間は雑魚じゃ。弱い！　ゆえに、感情を共有したがる！」

口から息を吸うと、鼻からゆっくりとはき出す。口から息を吸うと、鼻からゆっくりとはく。僕はもう何度か呼吸を繰り返してから……心に決める。

「あの……あの、もしよろしければ、なにがあったのかを、聞かせてもらえないでしょうか？　和彦さんとの間に、なにがあったのかを」

動きをとめた智彦さんが、ちらりと、鋭い視線を僕に向ける。

「すみません。……思い出したくないと言われたそばから、あれなんですが」

「いいよ、別に。でも、他人からしたら、くだらないことだよ？」

「お願いします」

頷くと、智彦さんは視線を落として腕を組み、話し始める。

「俺、ずっとカメラマンになりたかったんだよね。で、大学四年になった時に親父にそのことを打ち明けたんだ。プロのカメラマンになるから就職はしないって。そしたら親父のやつ、猛反対してさ。『しっかり就職活動をしろ。大企業に入れ』って言ってきたんだ。もちろん俺はそれを無視した。無視して、そのままとあるスタジオで、バイトとして働き始めた。とにかく下積みをしようって。で、結局ばれたのはそれから数ヶ月後、秋ぐらいだったかな？　当然、大喧嘩になったよ」

相槌を打ちつつ、耳を傾ける僕。

イマリも、しっかりと聞いているみたいだ。尻尾を揺らすことなく、耳をぴんと立てて。

「エスカレートしたっていうか、我を忘れちゃったんだろうね。お互い言っちゃいけないことを言っちゃったんだ」

「言っちゃいけないこと……」

「親父は俺に、『お前なんかもう俺の息子じゃない。二度と顔を見せるな』って。それで俺は親父に……」

視線を彷徨わせて、言葉を濁す。

「なんていうか、老後は知らんみたいな、そんなことを……」

よくある話だと思った。だけど言った本人、言われた本人からすれば、心に刻み込まれてずっと残り続ける……そんな類の、よくある辛い話だ。それについては、身にしみて分かる。

「親父は俺のことが嫌いだった。多分憎んでさえいた。親父は俺を育てるために人生の大半を費やしたのに、俺は親父に対して親孝行の一つも、してあげなかったんだから」

「それは違います！」

叫んだのはマリアだ。

マリアは目に涙を浮かべて、訴えかけるように、智彦さんへと身を乗り出す。

「ご主人様はあなたのことが大好きです！　あなたが奥様のお腹に宿った時、ご主人様は本当に大喜びしました！　あの時の笑顔を、私は今でもはっきりと覚えています！　目に焼きついて離れません！」

もちろんマリアの声は届かない。一方通行にすらならない。

歯がゆいのだろう。悔しいのかもしれない。マリアは憤りと悲しみを織り交ぜたような悲愴感に満ちた表情を浮かべると、ぐっと歯を噛み締めて、その場にうなだれる。しかしすぐに、諦めることなく、訴えの言葉を口にし始める。

――偶然にも、智彦さんも語り始めたので、僕の耳にはマリアの言葉と智彦さんの言葉が、ちょうど交互に聞こえた。

「堤防沿いを散歩する時も、いつも言ってました！」

「俺が家を出たあとも、ずっと言ってたんじゃないかな」

「元気に生まれてきてほしいと、そして元気に育ってほしいと！」

「あんなやつ産むんじゃなかったと、面倒を見て損したと」

「ことあるごとに、奥様と語り合っていました！」

「ちょくちょく母さんに言ってたと思うよ」

「きっと立派な大人になる。将来が楽しみで仕方がないと！」

「カメラマンなんかになりやがってとか、恥ずかしくて仕方がないとか」

「だから……そんなこと……言わないでください………」

ぽたぽたと、涙が滴った。堰(せき)を切ったようにマリアが泣き始めたのは、それからすぐだった。

——見ていられない。見過ごすなんて……できない。

気がつけば、僕は口を開いていた。

「あの、いいですか？」

「あっ、ごめん。ちょっとしゃべりすぎちゃったね」

「わけ分かんないかもですが……聞いてください」

背筋をのばすと、僕は顔を上げる。そしてつい今しがたマリアが言った言葉を、一つひとつ丁寧に、並べ立てる。

「ちょっ、ちょっと待って」

話を聞き終えると、中腰になった智彦さんが、戸惑うように、中途半端にも空に手をのばす。

「どうしてきみにそんなことが言えるの？　まるで見てきたみたいに」

当然の反応だ。おそらくは不審に思ったのだろう。もしかしたらお節介だと内心腹を立てたかもしれない。だが後悔はない。きっと伝えなかった方が、後悔していたと思うから。

ふと時計を見ると、八時五十分をさしていた。

もう……だめか。

「春人さん」

その時、肩に飛びのったマリアが、僕の耳元で言う。

「………えっ？　それは本当？」

つい声に出してしまう。

当然、智彦さんが、訝しげな口調で聞く。

「え？　なに？」

「いえ、その……」

僕は今一度時刻を確認してから、テーブルの上に置かれた懐中時計へと手をのばす。

もう、家族のもとに戻すのは、叶わないかもしれない。でも……でもせめて、届けてあげたい。マリアの、その想いだけでも——

「最後に、一つだけいいですか？」

「え？　あ、うん」

「確かに僕は、和彦さんと智彦さんとの間に、どのような人生があったのかは知りません。ただ話を聞く限りでは、智彦さんは和彦さんが自分のことを愛していなかったと感じているのは分かりました」

ボタンを押し込んで、懐中時計の裏蓋を開ける。

「でもこれだけは言えます。それは間違っていると」

そしてインナーケースに爪をかけると、内側に入れられたもう一つの刻印を、智彦さんへと掲げる。

「だって和彦さんは、智彦さんのことを、心の底から愛していたんですから」

【愛するわが子　智彦

私たちのところに生まれてきてくれて
本当にありがとう】

呆然とした面持ちで、智彦さんが懐中時計を受け取る。そしてしばらくの間、その刻まれた言葉に無言で目を落としてから、呟くようにして言う。

「そっか……親父は……」

壁にかけられた時計が、午後九時をさしたのは、ちょうどその時だった。

「この時計なんだけど、俺が買い取ってもいいかな？」

「え？　その懐中時計を、ですか？」

頷くと、智彦さんは懐中時計を指で優しくなでた。朗らかな表情で、慈しむようにして。

「あ、いえ」

どうして……どうしていつも、手遅れになってから……。

「実は、その……」

「ネットオークションに出品されとった懐中時計じゃが」

僕と智彦さんの会話に、イマリが口を入れる。

「締め切り直前で、わしが落札してやったわ。あとはばっくれておしまいじゃ。洋蔵や桜にはわるいが、買い手探しは、もう一度初めからやってもらうしかないのう。……のう？

春人よ」

――イマリが……イマリがやってくれた！

智彦さんからは見えないように小さくガッツポーズをすると、僕は顔を上げて、すぐに答える。

「だ、大丈夫です。ありがとうございます」

「お礼を言うべきはむしろこっちだよ」

それから智彦さんはおもむろに席を立つと、そのままリビングへと足を向ける。

マリアが僕の頭の上にのり、智彦さんのゆく先を見つめたので、なんとなく僕も席を立ち、彼のあとを追う。

そこにはベビーベッドがあった。中にはかわいらしい赤ちゃんが、すやすやと寝息を立てて眠っている。

「ちょうど三ヶ月。遅くできた子供だからかな。かわいくてかわいくて仕方ないんだ」

「女の子、ですか？」

「うん、そうだね」

布団をかけ直してから僕に向き直ると、智彦さんが手に持った懐中時計へと目を落とす。

「この懐中時計、表の蓋の内側には、まだスペースがあるよね。だから俺も入れようと思うんだ。この子へのメッセージを。この子が大きくなって物心がついたら、きっと俺も本当の気持ちを言えなくなると思うから」

「メッセージ……いいと思います。ちなみに、なんて入れるんですか？」

「そうだなー……」

しばらくの間、智彦さんが黙考する。そして赤ちゃんへと視線を送り、かすかにほほえむと、まるで語りかけるような口調で、言う。

「『原智彦・加菜（かな）　愛するわが娘　和菜（かずな）へ』」

――『和』、というと、もしかして……。

聞かなくても分かった。

間違いなくそれは、智彦さんのお父さん、『和彦』からとっていると。

口ではああ言っていたが、ずっと心の片隅で、父のことを想っていたんだ。

「春人さん……私、決めました」

マリアの声に、僕は視線を上げる。

「私、この子のそばにいます。この子をずっと、見守ります」

……うん。

「ご主人様の命が続いている……これからも続いてゆく。そう確信、できましたから」

うん。

「春人さん、私をここまでつれてきてくれて、本当にありがとうございました」

感謝の言葉、マリアの心。

──気のせいだろうか。この時部屋一面に、眩しい光が広がった気がした。

それはほんの一瞬ではあったが、命の誕生のように温かくて、星々の瞬きのように尊い、
そんな特別な光だった。

かすかに目を上げると、目線の上、ちょうどマリアの正面辺りに、ほんのりと光を放つ、
玉のようなものが浮かんでいた。

すぐに分かった。これはマリアの心であり、命の欠片、そのものなのだと。

『神心』じゃ」

言葉を話す狼の子供に、宙を漂う光の玉……。

「ご苦労じゃった。春人よ。一つ、使命を果たしたのう」

幻想的な光景と相俟ってか、イマリの声はどこか、白昼夢で聞く記憶の言葉のように、
僕の耳には届いた。

＊

二週間後。閉店間際のみやび堂に、智彦さんが懐中時計を受け取りにやってきた。

「ごめんね、こんなぎりぎりの時間に」

「いえ、とんでもないです。こちらこそ、わざわざ足を運んでいただいて」

「ちょうど撮影で近くを通りかかったからさ」

「あ、そうなんですね」

ちらりと、床に置かれた重そうな鞄（かばん）へと視線を送る。おそらくはカメラや撮影機材が入っているのだろう。

僕は時計屋さんから戻ってきた懐中時計を取り出すと、蓋を開けて智彦さんへと手渡す。受け取ると智彦さんは、懐中時計を顔に近づけて、刻印の文字を確認する。

「うん、大丈夫、完璧。ありがとね、刻印まで頼んじゃって」

「大丈夫です。こちらはただ、知り合いの時計屋さんに、お願いしただけですので」

「それでもだよ。刻印以外も、なにからなにまで本当にありがとう」

礼を言うと、智彦さんは小さな鍵を使い懐中時計のゼンマイを巻き、時刻を合わせてから、ズボンのポケットへとしまう。

「あ、使うんですね」

「そりゃーね。使わないと意味がないし」

智彦さんが、ポケットの上から懐中時計を優しくなでる。

「娘にプレゼントするのは、まあやっぱり就職祝いでかなと思ってさ。それに、親父の親父、つまりおじいちゃんは、この時計を、まるで家宝のように大切に使ったらしいんだよね。そんで親父も、それをもらってとても大切に使った。だったら俺も、もうしばらくは、自分の物として、使わせてもらおうかなって」

「いいと思います。きっとその方が……」

そっと、智彦さんの肩の上にのる、マリアを見る。

「時計も喜ぶと思いますので」

外に出ると、智彦さんが笑顔で手を差し出してきた。

僕も手を差し出すと、その場で握手を交わした。

「それじゃあこれで。またなにかあったら立ち寄るよ」

「はい。お待ちしています。ありがとうございました」

去り際に、僕へと顔を向ける、マリアと目が合う。

マリアは優しくほほえんで頭を下げると、目にうっすらと涙を浮かべる。それは出会った当初の悲しみからくる涙ではなくて、感謝からくる、嬉し涙だった。

智彦さんの背中が遠ざかり、見えなくなったところで、肩の上にのったイマリが口を開く。

「どうじゃ？」

「骨董品も、悪くないじゃろ」

「うん、そうだね……」

空を仰ぐ。二羽の鳥が、西の空へと向かい飛び去ってゆく。

「黒い靄とか、おじいちゃんとのこととかがあって、僕はずっと骨董品のことを避けてきたけど、勇気を出して一歩踏み込んでみると、そこには新しい価値観とか、人の思いとかがたくさんあるんだなってことが、初めて分かったよ。多分それは、骨董品に限ったことじゃあないんだよね」

僕は一度言葉を切り、沈思に耽る。心の中に、本当の自分の言葉を探すように。

「踏み込むことによって、かかわることによって、なにかが変わる。それは小さくて、もしかしたら自分でも気づかないほどの変化かもしれないけど、確実になにかが変わる。それって、すごく勇気のいることだとは思うけど……」

お父さんのことを話す、智彦さんの姿が思い浮かぶ。

喧嘩をして、一切話さなくなった、僕のおじいちゃんとの日々が、頭の中を駆け巡る。

「小さな勇気で一歩を踏み出すこと、かかわることを決して諦めないこと……それが大事なんだなって」

……だから僕は……だから僕も………。

「春人さん？」

呼びかけられて振り向くと、そこにはエプロンを身につけた、桜さんの姿があった。

「えっ、あ、なんですか？」

「お客さん帰った？」

「はい。今」

答えると、僕は智彦さんが歩いていった方へと視線を送る。

つられたのか、桜さんも僕の視線をたどる格好で、同じ方へと視線を送る。

「もう、勝手なことしないでね」

「ご……ごめんなさい」

「店の商品を勝手に持ち出すとか、普通はあり得ないから」

桜さんが言っているのは、洋蔵さんや桜さんに断りを入れることなく、店から懐中時計を持ち出した件だ。

結局あのあと、僕は懐中時計を店から持ち出したことを、正直に話した。付喪神の件もあるので、「懐中時計を見せてもらった時に、刻印が入れられていることに気づき、できるなら、元の持ち主に確認した方がいいのでは……と思いました」みたいに、多少嘘を織り交ぜるしかなかったが、洋蔵さんは納得してくれるばかりではなくて、むしろ労ってくれさえした。桜さんに関しては、苦々しくもあり、疑わしくもある、胡乱な眼差しで僕を見たが、洋蔵さんの手前というのもあるのか、その時はなにかを口にすることはなかった。もちろん、話すことにより、正直に言うことにより、いくらか信頼を損なったのは間違いないだろう。でも後悔はしていない。こっそりと元の場所に戻して、まるで何事もなかったかのように振る舞う方が、人として最悪だと思ったから。なによりも洋蔵さんと桜さんに対して、極めて誠実さに欠けると、そう思ったから。

「でもまあ」

少しだけ腰を曲げて、エプロンをはたくと、桜さんはくるりと店の方に体を向けて、横目で僕を見る。

「正直に謝ったのは、いいと思う。だったら、次はもうやらないと思うし」

「本当にごめんなさい」

「それに、最終的にはお客さんを見つけて、しっかり売ってくれたわけだし。店側としては、それが最優先だから」

さてと、と言い、桜さんが腕を突き上げるようにして、その場でのびをする。

「もう閉店の時間だし、夕食の準備でもしよっかな」

「桜さん……偉いですね」

「なにが？」

「僕がここにきてから大体二週間ですが、毎日朝昼晩と、桜さんが食事を作っているみたいなので」

「ああ……」

目を落とすと、桜さんは自分の手を見つめてから、もう一方の手でそっとなでる。

その眼差しは、目下の自分の手を見ていると同時に、どこか遠くを見ているような、あるいはなにも見ていないような、そんな哀愁を帯びたものとして、僕の目には映る。

「おじいちゃんにはお世話になってるし、それに私、料理をすること自体は、嫌いじゃないから」

嫌いじゃないっていう、そういうレベルではないと思うけど……。まあ、食べたことないから、なんともいえないんだけどさ。

「食べてみる？」

「え？」

「夕食の準備、手伝ってくれるんなら、別にいいけど」

反射的に「いや」と言いそうになったが、すぐに言葉を呑み込む。

つい今しがたの、自分の言葉を思い出したから。そんな自分の言葉に、小さな勇気をもらったから。

「あ、その……じゃあ……」

「じゃあ春人さんは、味噌汁担当で」

「え……すみません、無理です。作ったことないので」

はあとため息をつくと、桜さんが呆れたような眼差しで、僕を一瞥する。

「分かった。今日は私が作るから、見て覚えてね。味噌汁は、作れて損はないから」

僕の返事を待たずして、桜さんは暖簾をくぐり、店の中へと入ってゆく。

僕もそんな桜さんに従い、骨董品や古道具に溢れる店内へ、その奥にある台所へと、若干だがためらいがちな歩調で、進んでゆく。

鼻から息を抜く、イマリの声を肩で聞いた。

機嫌がいいのか、イマリはそのもふもふの尻尾で、僕の背中を何度か打った。

第二章　役に立ちたいアズミノさん

鍵を挿し込んで右に回すと、かすかな揺れと共に、エンジンがかかる。ゆっくりとアクセルを踏んでレンタカーの店の駐車場から出ると、左折するために、車が途切れるのをその場で待つ。かちかちというウインカーの音が、まるで心臓の律動のように、車のどこからか聞こえてくる。

公道に出て、なんとか車の流れにのったところで、助手席に座るイマリが、あくびをしながら言う。

「しかし春人(はると)もお人好(ひとよ)しよのう。わざわざ友人の引っ越しの手伝いに出向くとは」

「しょうがないだろ。あんな勢いで頼まれちゃ、断るに断れないし」

「と、口では言いつつも、ちゃっかり軽トラックまで借りておるではないか。実は頼られたことが、思いのほか嬉しかったのであろう？」

「そんなんじゃ、ないし……」

手で器用にエアコンのスイッチを押すと、イマリは吹き出し口に顔を近づけて、口を開ける。しかし臭かったのか、すぐに顔をそらすと、乾いた咳(せき)を数度してから、手で鼻をこする。

　青い空には真っ白な雲が浮かんでいる。道路脇には緑の葉を威勢よく広げた街路樹が、風に揺られて、ざわざわという音を立てている。今日も暑い日になりそうだ。頬に当たる強い日差しと、車内に満ちるエアコンの匂いを嗅ぎながら、僕はそのように思う。

「でも意外じゃの。人付き合いの苦手な春人に、引っ越しの手伝いを頼んでくる友人がおるとは。一体全体どんなやつなんじゃ？　ものすごい変人じゃろ？　もしくは単なる図々しい輩か」

「秀樹のことを、そんな風に言うな」

　むすっとして、僕は言う。

人のことをそんな風に言うのは、さすがに失礼だ。なによりも決めつけているところが、妙に腹立たしく感じる。

「秀樹？　秀樹というのは、岩井秀樹のことか？　たまに電話がかかってくる」

「まあ、そうだけど」

　そっか。イマリはまだ、秀樹に会ったことがないんだ。それはそうだよね。そもそもイマリと僕の出会い自体、夏休みに入る直前だったし、それからは大学にいくどころか、洋蔵さんと桜さん以外には、特に誰とも会っていないんだから。

「なんじゃ。唯一連絡先に登録されておる、大学でただ一人の友人ではないか」

「友だちじゃ……ないし」

「では、なんだというのじゃ？」

「向こうから、話しかけてくるだけだし」

どういう意味なのかは分からないが、イマリは「はあ」とため息をつくと、やれやれといった風に首を横に振る。

「不思議なんじゃが、その秀樹とやらとは、どうやって知り合ったのじゃ？　よもや春人が自分から話しかけたわけでもあるまいし」

イマリに聞かれて、僕は大学に入学して間もない頃のことを、思い出してみる。しかし上手（うま）くいかない。正直、秀樹との出会いに、これといったきっかけはないのだ。

「それが……よく分からないんだ」

「どういうことじゃ？」

「一人でいたら、気づいたら秀樹の方から話しかけてくるようになったっていうか……そんな感じ」

「なんじゃそれは？　哀れみとか、そういった類（たぐい）の、失礼千万な動機ではあるまいな？」

どうだろう？　そうではないような気もする。動機が単なる哀れみだったなら、僕の素っ気ない態度で、もっと早い段階で、哀れみは苛立（いらだ）ちの感情に、変わると思うから。

教えられた住所に着くと、そこには水色の外壁が目を引く、六階建てのマンションがあった。エントランスの近くに来客用の駐車場がちょうど一台分あいていたので、荷物を積みやすいように、前向きで車をとめた。

エンジンを切り車から出ると、僕は今一度、その建物へと視線を送ってみる。

エントランスは立派で、車椅子用のスロープと、大きなひさしが設けられている。ガラスの自動扉の向こうには、受付カウンターのようなものがあり、管理人と思しきおばさんが、目を落としてなにか書き物をしている。右側には全面ガラス張りの大広間があるのだが、どうやらそこは食堂のようだ。整然と並んだテーブルもそうだが、なによりも奥に、厨房とカウンターが見えることからも、間違いないだろう。

なんだか普通のマンションとは雰囲気が違うな……。

部屋番号を聞いてはいたが、どうも一人でマンション内へと立ち入る勇気が湧かなかったので、僕はスマホを取り出すと、到着を知らせるメッセージを、秀樹へと送った。

「うっす。わるいな、わざわざきてもらっちゃって」

出てきた秀樹は、白い歯を見せながら、軽く手をあげて挨拶をする。

「こやつが秀樹か？」

肩にのったイマリが、小さく首を傾げながら、僕の耳元で言う。

「なんというか、春人とは正反対といった感じじゃのう」

イマリの言葉に、僕は秀樹へと視線を戻すと、改めて秀樹の容姿をじっくりと見てみる。

高身長に、整った顔立ち。髪は長めで、ちょうどいいぐらいの自然なパーマになっている。少々目が釣り上がってはいるが、そのポジティブな雰囲気からか、笑みを浮かべているようにしか見えない。服装は南国風のアロハシャツとハーフパンツだ。見ているだけでもなんだか、波の音が聞こえてくるような気分になる。

見すぎたのだろう。あるいは間のとり方を間違えたのかもしれない。

秀樹が、にやにやとした笑みを浮かべながら、からかってくる。

「ん？　なに見てんの？　もしかして、俺にほれた？」

ははは……と、乾いた笑いでごまかして、僕は秀樹への答えを保留にする。

同年輩、同性とのコミュニケーションが久しぶりすぎて、正直どう反応するのが正しいのか、よく分からない。

「つか軽トラ？　普通の車でよかったのに」

「でも、荷物たくさん運ぶよね？　ベッドとか、タンスとか、冷蔵庫とか」

「いや、教材とか服とか、その他私物とか、それぐらい？」

家具がない？　電化製品も？　腕を組んで首をひねると、気持ちを察しただろう秀樹が、マンションを指さしながら、説明の言葉を口にする。

「そういえば言ってなかったね。ここ学生会館なんだよ。だから家具とか電化製品は、全部備え付けなんだ。私物持ち込んでそれでおしまい。楽だろ？」

「学生会館って、今まであんまり意識したことがなかったけど、そんな感じなんだね」

エントランスから中に入ると、カウンターにいた寮母さんが、ちらりと僕たちに視線を送り、小さな声で挨拶をする。僕は、寮母さんにより差し出された来訪者記録表にサインをすると、すぐ正面にあったエレベーターがやってくるのを、今か今かと無言で待つ。背後には談話室と書かれた部屋があったが、午前中という時間もあるのか、ドアの向こうからは誰の話し声も聞こえてこない。

三階で降りると、そのまま廊下を突き当たりまで進む。共用部分が外に面しているわけではなくて、建物内にあるので、なんだか僕は、オフィスビル内を歩いているような気分になる。

「ここだよ。さあ入って入って」

秀樹に従い部屋に入ると、僕は一度周りへと視線を巡らせる。

十畳ほどのワンルーム。ベッド、棚、冷蔵庫と、必要最低限の家具・電化製品は揃って（そろ）いる。窓に近づきカーテンの隙間から外を見てみると、そこには夏の太陽に照らされた、住宅街の屋根が広がっている。

「でもさ、どうして学生会館を出ることにしたの？　見たところ食堂もあるみたいだし、すごく便利そうなんだけど」

「風呂・トイレは共同、門限は夜の十二時」

ペットボトルの茶を紙コップに注ぎながら、秀樹が言う。笑みを浮かべてはいるが、その口調はどこか重いようにも感じられる。

「友だちを泊められないし、外泊にはいちいち許可がいるし。食堂も初めは楽しかったんだけど、半年もたつとどんどん面倒くさくなってきてさ」

「そんなものなの？」

「やっぱ完全一人暮らしの方がいいって。人にもよると思うけど、ほら俺ってどちらかといえば自由人だろ？」

「まあ、確かにそうかも」

茶を飲んで一服してから、僕と秀樹はその場に立ち上がる。イマリが、「喉が渇いた！　わしにも飲ませるのじゃ！」と狼（おおかみ）パンチを繰り出してきたが、僕はそれを無視した。まさか秀樹の前で、付喪神（つくもがみ）であるイマリに、茶を飲ませるわけにはいかない。

「ええと、荷物ってこれだよね？」

僕は、部屋の中央に置かれた、つい今しがた、テーブルの代用品として使った、四つの段ボール箱を指さす。

「一人二つ持てば、一回でいけそうだね」

「いや、実はまだ他にもあるんだ」

秀樹はクローゼットに歩み寄ると、音を立てないようにしてゆっくりと開ける。のぞき込むと、そこには小さめの段ボール箱が、七箱ほど積まれている。

「結構あるね。これ一体なにが入っているの？」

「全部レコード。ここには大体三百枚ほどあるかな。実家の方にはもっとあるよ」

「そういえば、レコードが好きで、集めているって言っていたね。でも……」

確認するように、僕は室内を見回す。

「聴くやつってないよね？　スピーカーとか」

「実家にいた時はオンキョーのいいやつがあったんだけど、学生会館だと、音が出せないからね。今はただただコレクションって感じ」

それに、と言い、段ボール箱から一枚のレコードを取り出すと、一度優しく表面をなでてから、僕へと手渡す。

ジャケットには、白っぽい背景に、黒のシルクハットをかぶり黒い服を着た、髪の長い男性が写っている。下の部分には、赤い大きな文字で、『T・REX』と書いてある。おそらくはバンド名だろう。なにかの漫画で見たことがあるような気がする。

「正直、ジャケットが好きってのもあるんだよね」

「ジャケットが？」

「そう、ジャケット。古いロックって、結構凝ってるの多いじゃん？　飾っておきたくなるっていうか、見てても飽きないっていうか」

「そんな感じなんだね」

日用品の入れられた段ボール箱は比較的軽かった。しかしレコード盤の入れられた方は無茶苦茶に重たかった。一箱十キロぐらいはあるだろうか。仕方なく僕たちは、寮母さんから台車を借りてきて、車まで運んだ。

「で、どこにいけばいいの？」

シートベルトを締めてエンジンをかけると、僕は隣で胸元をぱたぱたとさせる秀樹へと、聞く。

「え？　言ってなかったっけ？」

「うん、なにも聞いていないけど」

「『コーポアカツキ』１０３号室」

「コーポアカツキって……え？」

意外な一言に目を白黒させる僕を、秀樹が面白おかしそうな笑みで見つめる。

コーポアカツキ……なにを隠そうそれは、現在僕が住んでいるアパートの名前だ。

新居への荷物の運び入れは、運び出しとは違い、随分と楽だった。というのもこのアパート、一階の玄関のすぐ目の前が駐車場になっているので、秀樹の部屋の前でバックで駐車をすれば、車の荷台から部屋までの距離がかなり近くなるのである。

僕が車の荷台の上に立ち、秀樹へと段ボール箱を渡して、受け取った秀樹がそれをそのまま部屋へと入れる、いわゆるバケツリレー方式で事を進めたら、あっという間に引っ越しの作業は終わった。

「ありがとう。マジで助かったよ」

「ええと……あれは？」

僕は、積まれた段ボール箱を、流し目で見る。

「ああ、荷ほどきね。大丈夫。それは自分でやるから」

「そう。……ええと、困ったことがあったら、何でもオッケーだから」

「え？　どういうこと？」

「ええと……だから、僕の部屋、すぐ上だから」

「ああそういうこと」

僕の言いたいことを理解したのか、くすりと笑ってから、秀樹が僕の肩を軽く叩く。

「それはお互い様。せっかくご近所さんになれたんだし、こっちこそ、なんでも言ってくれていいから。改めて、よろしくっ」

秀樹が手を差し出してくる。

握手か……と察した僕は、不承不承ながらも秀樹の手を取る。

この前の智彦さんの時もそうだったけど、性根が明るい人っていうか、陽キャラの人って、やたらに握手をしたがるよな。あと連絡も、基本的にはメッセージじゃなくて、通話だし。

その場に立ち上がりシャツで頬の汗を拭うと、僕は一度深呼吸をしてから、周囲へと視線を送る。当然部屋にはなにもない。あるのは壁際に積まれた十一個の段ボール箱のみだ。まだカーテンもついていないので、日の光が直接室内へと差し込み、茶色い木の床を煌々と照らしている。

なにも敷かれていない床が冷たくて気持ちがいいのか、イマリがごろんごろんと転がり遊んでいる。その様はまるで子犬のようだ。

「家具とかなにもないけど、大丈夫なの？」

「うーん、まあこれから徐々に、揃えてく感じかな」

「でも、全部揃えるの、結構大変だよ。ベッドとか棚とか、組み立てないといけないかもしれないし」

「まあなんとかなるっしょ。それよりこのあとってあいてる？　引っ越し手伝ってくれたお礼に、飯おごらせてよ」

財布が入っているだろううしろポケットを軽く叩き、親指で玄関を示すと、秀樹はにかっと口元に笑みを浮かべて、ウィンクをしながら言う。

僕を差し置いて真っ先に反応したのが、イマリだ。

「いいのう！　是非ゆこう！　わしは腹がへって仕方ないんじゃ！」

「ごめん。このあとバイトだから。それに、車も返しにいかないといけないし」

「なにをゆうとる！　ただで外食にいけるチャンスじゃぞ！　洋蔵はお人好しじゃから、適当に嘘をつけば絶対に許してもらえる！　だから大丈夫じゃ！」

洋蔵さんについては、多分イマリの言う通りだとは思うけど、優しさにつけ込むなんて、人として最低だよね。

言わずもがな、僕はイマリの主張を無視する。

「あーそっか。そういえばバイト始めたって言ってたね。じゃあどうしよっかなー……そうだ」

気づいたように言うと、秀樹がそばにあった段ボール箱を開ける。取り出したのは三枚のレコード盤だ。なぜかどれも同じで、クリーム色のジャケットに、青と緑の二枚のチケットが印刷されている。左側に帯がかけられているのだが、そこには『ザ・ビートルズ・スーパー・ライブ！』という文字が入っている。詳しくないのでよくは分からないが、タイトルを見る限りでは、コンサートの音源が収録されているレコードなのだろう。

秀樹は数瞬目を落としてから、一枚を選び取り、僕へと渡す。

「えっ、ちょっ、これって……」

受け取ると、思わず僕は声をあげてしまう。

イマリも顔を上げると、意外そうな表情を浮かべて、歩み寄ってくる。

「今日のお礼。俺のお気に入り。大丈夫、布教用に何枚かあるから」

「いや、そうじゃなくて……」

付喪神だ。そのレコードには、付喪神が宿っていた。

栗色の毛がかわいらしい、兎(うさぎ)の姿。レコードを受け取ると同時に段ボール箱から出てきて、今は僕の足元で丸くなっている。おそらくは僕が見える人だと気づいているはずだが、その兎は一向に話しかけてくる素振りを見せない。それどころか顔をそらして、目をつむって、むすっとした様子で口を閉ざしている。まるで宿り先から離れられないから仕方なくそばにいる、といった感じだ。

「このレコードって、もしかして結構価値のある物だったりする？」

「いや、中古で二千円ぐらいかな。今でも普通に買えるし」

「え、でも……」

「まあ待て。付喪神本人が目の前にいるのじゃ。聞けば済むことじゃろうて」

得意げな顔で遮るようにして言うと、イマリが兎の付喪神に歩み寄る。

「おぬしはなぜあのレコード盤に宿っておる？　持ち主に相当好かれておるのか？　それとも依代(よりしろ)であるあのレコード盤が、実は希少価値のある、かなりの貴重品であったりするのか？　さあ答えるのじゃ」

しかし兎の付喪神は答えない。目を閉じて顔をそらすばかりでなくて、長い耳をぱたりと閉じて、完全に拒絶の態度を示している。眉間に寄ったしわに、前脚の中に埋められた口元と、理由は分からないが、どうやらなにかに怒っているのは間違いないみたいだ。

「なんじゃその態度は！　わしを誰だと思っておる！　面を上げい！」

「………………」

「もう許さんぞ！　目にもの見せてくれるわ！」

牙をむいて襲いかかろうとしたので、僕はすぐさまイマリを抱きかかえて、その兎の付喪神から遠ざける。おかげでイマリの狼パンチを、僕が受けるはめになってしまう。

「えーと……なにしてんの？　急に変な動きして」

ぽかんと口を開けた秀樹が、訝しげな眼差しで僕を見る。

「あっ、ええと、脚が痺れたから、ちょっとストレッチを……。それよりもこのレコードなんだけど、やっぱり受け取れないよ」

「いいからいいから。ていうか持っててほしいんだよね、友だちとして」

友だち？　……友だち……として。

「もらっておけ。その方がこやつも気持ちがいいじゃろ。それにこれ以上拒否するのは、相手に対して失礼にあたるというものじゃ」

別に、なにかがほしくて、引っ越しの手伝いをしたわけじゃあないんだけど……。

イマリの言葉を真に受けたわけではないが、多分秀樹は譲らないだろうと思ったので、僕はとりあえずそのレコードを受け取ることにする。

「じゃあその、ありがたくいただくよ」

「おうよ。つか、やっぱり今度飯おごるから。引っ越しのお礼が、そんだけってのもあれだし」

「いや……でも」

「いいっていいって。つかぶっちゃけ、春人と飯にいきたいだけだから。友だちだったら普通だろ？　一緒に飯にいくのって。そんな軽い気持ちだからさ」

「……うん。じゃあ、友だちとして……」

「あと、せっかく部屋近いんだし、今度遊びにいくから」

秀樹に挨拶をしてから部屋を出ると、僕は車に乗り込みエンジンをかける。助手席にはイマリが座っている。さらに隣、窓側の狭いスペースには、兎の付喪神がこちらに背を向けて丸まっている。

レンタカーの店に向かう途中で赤信号に引っかかったので、僕は何気ない口調で、その兎の付喪神へと話しかけてみる。

「僕は春人、山川(やまかわ)春人。それでこっちの狼がイマリ」

「……………」

「きみの名前は、なんていうの？」

「…………」

やはり反応がない。完全に無視を決め込んでいる。そんな兎の付喪神の様子を見たイマリが、まるで怒りを爆発させたような気迫で、声を荒らげる。

「おのれ！　わしの従者を無視するとは何事じゃ！　無礼にもほどがあるぞ！」

兎の付喪神は一瞬、怯えたような目でイマリを見たが、すぐにそらすと、例のごとく前脚の中に顔を埋める。

「もう許さぬ……もう許さぬぞ！」

「イマリ！　もういいから！」

「なにがいいんじゃ⁉」

「もうそっとしておいてあげようよ」

無視されたのは僕なのだから、なにもイマリがそんなに怒ることはないのに……。

まるで急き立てるようにして、うしろからクラクションが鳴らされたのは、その直後だった。とっさに顔を上げると、いつの間にか信号が青に変わっていた。

後続車に迷惑をかけてしまったという申し訳なさからか、あるいはこの狭い車内で喧嘩が起こってしまったという気まずさからか、しばらくの間は誰もなにも話さなかった。

しかし数分後、もう少しでレンタカーの店に着くといったそんなタイミングで、予想外にも兎の付喪神の方から僕たちへと話しかけてきた。

「……チック。チックケット。僕の名前」

「え？」

「レコードだけど……あれ、違う」

「違う？　違うって、どういうこと？」

　質問をすると、急にチックが驚いたように目を見開く。そして大きなため息をつくと、先ほどと同様に、また顔をそらす。その様子はどこか、なにかに対して呆れる、といった感じだ。

「チック、レコードが違うって、一体どういうことなの？」

　運転に集中しつつも、僕はもう一度聞いてみる。

「…………」

「チックが宿っているってことは、やっぱりそのレコードには、なにかあるの？」

「う、うるさい！　話さない！　話したくない！　うるさいの……もう嫌！」

　癇癪を起こしたように大きな声を出すと、チックはぱたんと耳を塞ぎ、またもやその場にうずくまってしまう。

　うるさいって……僕の声、そんなに大きかったかな？

「イマリ」

　呼びかけてから、チックへとちらりと視線を送る。するとイマリは、やれやれと首を横に振り、倦怠感を漂わせながらも口を開く。

「もうわしはしらん。面倒くさいやつなんじゃろ。それにじゃ、付喪神が宿っておるからといって、その物が必ずしも貴重品とは限らんぞ」

「どういうこと？」

「逆に聞こう。物に付喪神が宿る条件とは、一体なんじゃと思う？」

「ええと……確か九十九年たつと、物に付喪神が宿るって、聞いたことがあるけど」

「ふん」

　イマリが鼻から息をはく。というよりも、噴き出す。

「それはデタラメじゃ。というかファンタジーじゃ」

「じゃあ、一体……？」

「物に向けられる、人間の思いじゃ。思いは感情であり、感情は精神力であり、精神力は霊力であり、霊力は神心じゃわい。これらは、呼び方は違えど、全て同じものと考えてもらって構わん」

　なるほど。以前イマリが、神心は人間からも集められるって言ったのは、こういうことか。ただし、効率が悪くてほぼ不可能とも言っていたけど、神心が、人の思いの蓄積と考えたら、説明もつくし。

「物に向けられた人間の強い思い、優しさ、大切にしたいという感情の力が、ある一定のレベルまで達すると、それらは付喪神を育む萌芽になり得る。物に付喪神が生じて、さらに思いや感情が注がれ続ければ、わしみたいな高位の付喪神となり、持ち主を厄災から守る、守護神にも神にもなるというわけじゃ」

ただし……と言い、イマリがぼそりと付け加える。

「感情の方向性を間違えれば、守護神どころか、邪神にもなり得るがのう……」

「え？」

「まあよい」

僕の質問を遮るようにして言うと、イマリが話をまとめる。

「つまりじゃ、付喪神が宿っているからといって、その物自体が必ずしも価値のある物とは限らぬということじゃ。先ほどの秀樹の様子を見れば一目瞭然じゃろうて。あやつのレコード好きは、常軌を逸しておる。しかもそのレコードに対しては」

チックの宿った、ビートルズのレコードへと顔を向ける。

「布教用に三枚も所持するという熱狂ぶり。もはや偶像崇拝のレベルといっても過言ではないではないか。となると、その思いの強さから、チックが宿ったと考えても、なんら不思議ではないわい」

最後にイマリは、無愛想なチックを責め立てるように、吐き捨てるようにして言う。

「だからもう、こんなやつを相手にするのはよすのじゃ。疲れるだけじゃぞ」

うーんと曖昧に返事をすると、僕はチックへと視線を送る。相変わらずチックは無視を決め込んでおり、まるで自分の殻に閉じこもるようにして、その場に丸まり、顔を前脚の中へと埋めている。

＊

みやび堂に着くと、僕は店先で足をとめた。そこにはいくらかの店の商品が、歩行者の邪魔にならないように軒の下に出されていた。シートやカバーといった物はかぶせられていない。それらはぎらぎらと輝く夏の太陽の下に、そのままの状態で放置されている。

「なんだろう……これ」

呟きつつ、僕は一つひとつに視線を送ってみる。

古い大きめの桐タンスに、使い込まれた座卓、木でできた火鉢、くすんだ色をしたスタンドライト、そして漆塗りの飾り棚……。脇には水色のコンテナが三つ置かれており、中にはこまごまとした雑貨が乱雑に入れられている。

「洋蔵のやつ、店内の掃除でもしておるのかのう」

「でもなんか、様子がおかしくない？　外なのに、商品の下にシートとか敷いてないし、値札も全部外されているし」

「ふむ、確かにのう」

「自分ら、処分されることに決まったんすよ」

不意に、ズボンの裾を引かれたので、僕はとっさに自分の足元へと視線を落とす。

——狐(きつね)の姿があった。狸(たぬき)の姿も。

狐は、薄い茶色の毛に覆われている。口元から胸元にかけては、白い毛が生えており、尻尾の先端部分も、同様に白だ。瞳孔が小さくて、どこかきりっとした印象がある。尻尾が大きくて、もふもふとしているというのもあるのか、どことなくではあるが、イマリに似ている気がしないでもない。

狸の方は黒っぽい茶色だ。つぶらな瞳に垂れ下がった白いひげと、どこか控えめな雰囲気が漂っている。

狐の方は、おそらくはタンスの付喪神だろう。狸の方は、出入り口に置かれた、信楽焼(しがらき)の、狸の置物の付喪神で間違いないはずだ。話しかけたことはないが、この数週間、置物の脇を通るたびに見かけたので覚えている。

「処分？　どういうこと？」

「多分自分ら……」

一歩二歩と踏み出すと、狐の付喪神が、軒下に置かれた古道具へと視線を送る。歩調も眼差（まなざ）しも、まるで彼の感情を表すように、なにもかもが弱々しい。

「ずっと売れ残っていたから……それで」

「そんな……」

その場にかがむと、僕は狸の付喪神にも聞いてみる。

「もしかして、きみも？」

頷（うなず）いて返事をする。がっくりと肩を落として、放心したような顔で。

小さく息をはくと、僕は立ち上がり、軒下の古道具へと歩み寄る。よく見ると狸の置物も、若干だが移動されている。随分と長い間置かれていたのだろう。底に面していた部分と外気にさらされていた部分とで、地面の色が変わってしまっている。

商品価値云々（うんぬん）というのは、今の僕にはまだ分からないが、ざっと見る限りでは、どれもこれもまだまだ使えそうに見える物ばかりだ。

「自分ら、まだ消えたくないんすよ」

すがるような口調で、狐の付喪神が、僕の背中に言葉を投げる。

「春人さん、自分らのことが見えるんすよね？　なんとか助けてはくれないっすか？」

「僕のこと、知っているんだね」

「はい。イマリさんとの会話が、ちょくちょく聞こえてきたので。ちなみに自分はサタケっす。で、そっちの狸がアズミノさん」

アズミノと呼ばれた狸の付喪神は、とぼとぼと僕に歩み寄ると、見つめたり目をそらしたりを繰り返しながら、口を開く。

「おいらアズミノ。春人氏……おいらたちを助けて。おいら、まだ使命をまっとうしていないんだ」

「使命……？」

聞くとアズミノさんは、彷徨わせていた視線を僕の顔の前でとめて答える。おどおどとした様子はそのままだが、その言葉にはどこか、心の扉を開いたような、純粋さがあるようにも感じられる。

「人の役に立ちたい、人を幸せにしたい。……おいら、そのなに一つ、まだ果たしていないから」

——人の役に立ちたい、人を幸せにしたい。

すとんと、心の中に落ちてくる。と同時に、胸が温かくなるのを感じる。

叶えてあげたいな……アズミノさんの願いを。

優しい空気が、広がった気がした。誰かを思う心に満ちた、優しい空気が。

しかし、そんな空気をあっという間に壊したのが、唯我独尊、ある意味純粋無垢な付喪神、イマリだった。

「たかが狸の置物に、一体なにができるというんじゃ。せいぜいぼさーっと突っ立って、背景の一部になるのが関の山じゃろ。ばかも休み休みに言えい」

「イマリ、そんなこと言っちゃいけないよ」

「なんじゃ? 本当のことじゃろ? 本当のことを言って、一体なにが悪い? 第一わしは崇高なる高位の付喪神であり、こやつは低位の雑魚付喪神で」

「だから、序列とか階級の話ではなくて」

「春人氏、いいよ。本当に本当のことだから」

話に割り入り、僕とイマリの会話をとめると、アズミノさんはその場にぺたんと腰を下ろしてから、自分の宿り先である狸の置物へと、どこか哀愁の漂う眼差しを向ける。

甲高い音を立てて、一台のスクーターが走り抜けてゆく。幾人かの歩行者が、楽しそうに会話をしながら、店の前を通過してゆく。

再び誰もいなくなったところで、アズミノさんがぽつぽつと、まるでなにかを告白するような慎重な面持ちで、語り始める。

「おいら、ここにくる前は、郊外のうどん屋さんの店先に立ってたんだ。雨の日も、風の日も、雪の日も、くる日もくる日もずっと。道ゆく人も店にくる人も、誰もおいらのことを見もしない。……そういえば一時期、子供が面白がって毎日のように見にきたけど、飽きたのか、いつの間にか姿を見せなくなったなあ。そんなこんなで月日が過ぎて、気がつけば店も閉店。業者がやってきておいらを引き取ったかと思えば、色々たらい回しにされて、最終的にやってきたのが、ここだったんだ。正直……」

アズミノさんが、ちらりとサタケさんを見る。

「タンスに宿ってる、サタケ氏がうらやましいよ。生活の中に入って、服を守って、しっかり人の役に立ってる。ただ突っ立っていることしかできない、置物のおいらとは全く違う」

「つまりアズミノさんは、もっと直接的に人の役に立ちたい……ってことだね？」

大きく頷くと、アズミノさんは僕の目を見つめる。自分の思いをさらけ出したためか、つい先ほどまでとは違い、わずかだが態度が堂々としているように見える。

「分かった。協力するよ。アズミノさんの願い、叶ってほしいから。だからとりあえずは、処分の危機を免れるように、なんとかしてみる」

「ただし条件がある」

イマリが、僕の言葉を引き継ぐようにして、強い語気で言う。

「その依頼、わしらに達成することができたなら、その暁に、おぬしらの神心を、ちとわけてもらう。それでいいなら、引き受けようぞ」

「神心を？」「神心っすか？」

アズミノさんとサタケさんが同時に首を傾(かし)げると、二言三言言葉を交わしてから、すぐに答える。

「おいらは大丈夫」「自分も、それで大丈夫っす」

「では、契約成立じゃ」

アズミノさんとサタケさんは、顔を見合わせてから、互いに手を取る。そしてじゃれるように二人でごろんごろんと道に転がってから、気づいたように戻ってきて、僕とイマリへと、感謝の会釈をする。

店に入り、奥へと向かう途中で、イマリが僕の耳元で囁(ささや)く。

「やったのう」

「なにが？」

「これで神心を手に入れたも同然じゃわい。しかも今回は、同時に二つもじゃ」

口に手を当てると、イマリが目を細めてくすくすと笑う。

「……いや、多分僕、神心とかなくても、あの二人に協力していたと思う」

「は？　どういうことじゃ？」

「誰かを幸せにしたいっていう願いがあって、それには協力が必要っていうんなら、手を差し伸べてあげる……それって普通だよね？」

僕の言葉を聞きイマリは、一瞬虚を衝(つ)かれたような素っ頓狂な顔をして、黙る。それからすぐに鼻から息を抜くと、口元に笑みを浮かべて言う。

「春人よ、おぬしは本当にお人好しよのう。でもまあ、なんというか、悪くはないんじゃあないか？」

「……イマリ……ありがとう」

「ば、ばか者！　そういう意味じゃないわい！」

珍しく取り乱したので、僕はイマリへと顔を向ける。しかし大きく顔をそらしていたので、残念ながらその表情を見ることはできない。

「ところで、一つ気になることがあるんだ」

「気になること？　なんじゃ？」

「さっきイマリは、車の中で、物に付喪神が宿る条件を話してくれたよね。物に向けられた人の思いや感情の積み重ねから、付喪神が生まれるって」

「うむ。言ったのう。それがどうした？」

「じゃあなんで、アズミノさんは生まれたんだろう？　アズミノさんの話では、あの狸の置物、誰からも好意を向けられなかったみたいだし」

僕は、出入り口の向こうにある狸の置物へと、肩越しに、顔を向ける。差し込む夏の陽光に目が眩み、店の内壁部分が真っ黒になったので、出入り口が、まるで光へと通じるゲートのように、真っ白な長方形として、僕の目に映る。

ほどなくして、黙考していたイマリが、おもむろに話し始める。

「……あるいは、長い月日のどこかに、おったのやもしれぬな。あの狸の置物を、実は密(ひそ)かに思っていた、何者かが」

「でも、当の本人であるアズミノさんが、気づいていないんだよ。そんなことってある？」

「あるではないか。おぬしと秀樹、二人の関係みたいなもんじゃろうて」

え？　イマリは一体、なにを言っているの？

イマリの、あまりにも見当違いな発言に、思わず僕は、呆(あき)れた顔をしてしまう。

秀樹は誰にでも優しい人気者……ただそれだけのことだよね？

レジの奥、居間へと続く引き戸を開けると、僕は「おはようございます」と言いながら中へと入り、壁際に荷物を置く。秀樹からもらったレコードに関しては、邪魔にならないように壁に立てかける。

遅れて入ってきた兎(うさぎ)の付喪神、チックだが、彼は僕の横を素通りすると、そのまま鞄の上にのり、丸まった。話しかけようかなと思い近づいたが、相変わらずふてくされたように顔をそらしていたし、洋蔵さんたちに声を聞かれたら具合がよくないなとも思ったので、やめておくことにする。

「やあ春人くん、おはよう」

居間よりさらに奥、台所の方から、洋蔵さんがやってくる。にこにこと優しげな笑みを浮かべている。その穏やかな口調には、どこか人に安心感を与える響きがあるように感じられる。

「おはようございます。すみません、午前に休みをいただいてしまって」

「いいよいいよ、気にしなくて。きてくれるだけでもありがたいからね。それよりどうだったかな？　お友だちの引っ越しの方は」

「おかげさまで、滞りなく終わりました。それよりも聞いてくださいよ。その知り合いの引っ越し先なんですが、今僕の住んでいるアパートの、すぐ下の部屋だったんですよ」

「それはそれは」

洋蔵さんが握った手を口に当てて笑う。そんな洋蔵さんの姿を見たら、なんだか僕もおかしくなってきたので、つられて一緒に笑う。

「私だったら……やだな」

「え？」

顔を向けると、そこにはエプロンを身につけた、桜さんの姿があった。手には泡のついたゴム手袋をはめている。頭には、前に髪が落ちてこないように、スカーフのような物を巻いている。どうやら昼食の後片付けをしていたみたいだ。

「友だちとかが近くにいたら、なにかと頼っちゃいそうじゃない？　それじゃあ、一人暮らしの意味がないっていうか、自分のことは自分でしないと」

「それは多分、桜さんだから言えるんですよ」

「どういうこと？」

「桜さんは、家事だけじゃなくて、お金のこととかもなんでもできますし、なにより……」

僕は、泡のついたゴム手袋を見てから、桜さんの背後に広がる、台所へと視線を移す。

「料理に関しては、本当に上手いですから。自炊をしない、自炊ができない大学生なんて、結構ざらだと思います」

「でも、春人さんはもう、違うでしょ？」

「僕ですか？　いえ、相変わらず料理は苦手で……。今日も朝は菓子パンでしたし」

「なんでよ！」

声を荒らげつつも微笑して、桜さんが手をあげる。しかしすぐに、泡のついた手袋を目にすると、はあと倦怠感の漂うため息をつき、そっと肩を落とす。

「この数週間、料理を手伝ってもらいつつ、結構色々教えたよね？　もしかして私って、才能ない？」

「そ、そんなことないです！　才能ないのは僕で、桜さんは才能があって、僕は食べる専門だったというか、なんというか……」

「まあ確かに、春人さんの料理に対する指摘は、納得できる部分が多いっていうか、いい舌持ってるなーって」

「それはきっと」

腕を組み、にこにこと笑みを浮かべていた洋蔵さんが、自然な感じで会話に入ってくる。

「幼い頃に、いいものを食べさせてもらったからだよね。ご両親に」

……両親。

両親と聞き、僕は実家のことを思い出す。もちろん、おじいちゃんのことも。

突然、僕が暗い顔をして黙ったためだろう。洋蔵さんと桜さんが、どこか戸惑ったような表情を浮かべる。

そんな二人の感情を察した僕は、空気を乱さないためにも、話を変えるべく、無理やりにでも明るさを装って、口を開く。

「そ、それよりも、仕事です。午前に休んだ分を、取り返しますので」

「うん。そうだね。今日は忙しいから」

「忙しい、ですか？」

「実はね、今日は朝から商品の整理をしているんだよ」

「商品の整理？」

洋蔵さんがレジ台の向こう、店舗の戸口の方へと顔を向ける。

「ずっと在庫になってしまっている物とか、状態が悪くてなかなか買い手がつかない物とか、そういうのを洗い出して整理をする。古物業はどちらかといえば仕入れの方が多いからね。時々やってあげないと、店が商品で溢れてしまうんだよ」

つまり、店先に出されていた物たちは、不運にも選ばれてしまった物……というわけか。

「選ばれた商品たちは、一体どうなるんですか？」

「それは、処分することになるかな」

「処分って……リサイクルとか、そういう意味ですよね？」

「いや……」

一瞬、僕の目を見て、悲しげな顔をする。しかしすぐに真面目な表情に戻すと、洋蔵さんが毅然とした口調で言う。

「いつも専門の業者さんにお願いするから。多分破砕処理になるんじゃないかな」

「……そんな」

洋蔵さんの視線が、出入り口の方へと注がれている。桐タンスや狸の置物、その他骨董品の置かれた、出入り口の方へと。口にはしないが、本当は辛いのだろう。本人は気づいていないのかもしれないが、洋蔵さんの表情は、『破砕処理』という言葉を口にする前よりも、明らかに暗くなっている。

「でも、まだ使えますよね？　なんとかなりませんか？　必要としている人にあげるとか」

「春人くん、これは商売なんだよ。どんなに不良在庫に困っても、無料で配ってしまってはいけない。必要としている人には、お金を払って買ってもらわないと」

「では、値引きはどうです？　タンスとか千円にしたら、絶対に誰か買ってくれますよね。捨てるよりかは、絶対にいいですよね」

「他の商品とか市場価格との兼ね合いもあるからね。過剰な値引きはできないんだよ。それにそれだけ価格を落としてしまっては、無料で配っているのと、あまり変わらないよね」

「ではその……あの……」

なおも食い下がる。しかし代案は、なにも浮かんでこない。前回のマリアの件が上手くいったので、行動に移せばなんとかなるだろうという甘い考えがあったのかもしれない。だが今回は洋蔵さんや店に深くかかわることだ。僕一人が頑張ったところで、問題は解決しない。

「ねえ春人さん。不良在庫を処分することに対して、なんでそんなに否定的なの？」

若干だが顔をそらしつつ、目だけを僕に向けて、桜さんが聞く。

「だって普通は気にしないでしょ？　捨てといてと言われれば、ただ捨てるだけだし、いちいち考えないっていうか」

「それは、だって……」

アズミノさんとサタケさんの姿が脳裏によぎる。

「まだ使えますし、きっとまだ、人の役に立ちたいと、そう思っていますから。彼らには役目があります。それを発揮できる場所も。だから、できる限り探してあげたいなと、そう思いまして」

「発揮できる場所……」

桜さんが、僕の言葉の一部分を抜き取り、復唱する。神妙な顔をしていたためか、もしくは出した声が低かったためか、その言葉は重く、まるで畳の床に沈み込むようにして、部屋に響く。

「ばかみたい」

もたれていた戸の枠から背中を離すと、桜さんはそそくさと台所の方へといってしまう。戸が閉められて完全に桜さんの姿が見えなくなったところで、洋蔵さんが口を開く。

「春人くんは……あれだからね。辛いとは思うけど、今回ばかりは受け入れてもらわないと。ここにいる限りは、ずっと続くわけだし」

「あれ、といいますと？」

「なんていうか……心優しいってことかな。だからこそ物たちに対しても誠意がある、優しさがある。でも、時には割り切ることも、生きていく上では必要だよね」

「はい。多分……そうなんだと思います」

肩を落として落胆する。

そんな僕を、洋蔵さんが、肩に手をのせてなぐさめてくれる。無言で、困ったように首を傾(かし)げながらも。

「どうやら今回は、無理っぽいのう」

肩の上にのったイマリが、ため息交じりに言う。

「高位の付喪神と違い、低位の付喪神の依代(よりしろ)は、俗世間の代物というか、どちらかといえば消耗品に属する物が多い。つまり、いくら大切にされていても、その物に強い思い入れがあったとしても、運が悪ければ、いつかどこかの段階で処分されてしまう、そんな存在自体が危うい物が多いというわけじゃ」

そうかもしれないけど、アズミノさんの、あんな言葉を聞いてしまっては……。

「ちなみにですが、その業者さんが引き取りにくるのって、いつですか？」

「明日だね。一応十七時ってことになっているよ」

「明日の十七時……ですか」

……まだ、少しだけ時間がある。

「分かりました。あの僕、もう仕事に入りますね」

「うん。よろしく頼むよ」

小さく会釈をしてから、僕はエプロンをつける。店に出る前にお手洗いを借りようと台所の方へと足を向けると、まるで自動扉のように引き戸が開く。目の前には、つい今しがた出ていった、桜さんの姿がある。

「これ」

僕に対して、顔をそらしながら、桜さんが一枚の紙を差し出す。なんだろうと受け取ると、僕は目を落として、ヘッドラインに書かれた大きな文字を、一文字一文字読み上げてみる。

「『第6回　東町(あずまちょう)エコフェスティバル』。これは？」

「見れば分かるでしょ？　明日行われる、フリーマーケットのチラシ。昨日新聞に挟まっていたのを思い出したから、急いで倉庫から出してきたの」

「ええと……つまり？」

「だーかーらー」

やれやれと首を横に振ると、桜さんはきっと睨(にら)むようにして、僕を見る。そしてどこか吐き捨てるような口調で、投げやりに言う。

「処分されちゃう在庫品、これに出したらってこと」

……ああっ！　そういうこと！　やっぱり桜さんも、どこかで物たちのことを、考えてくれていたんだ。

「おじいちゃんもいいよね？　ただで配るわけじゃないし、値引きもしない。あくまでも出張販売って感じ。売れ残った物に関しては、予定通りに業者さんに引き取ってもらう。それなら文句ないよね」

「もちろんだよ」

驚いたような顔をしながら、洋蔵さんがこくりと頷く。

「ということだけど、春人くん、どうする？　フリーマーケットに、出してみるかい？」

「はい！　出します！　いえ、出させてほしいです！」

「明日も店があるから私は手伝えないけど、それでも大丈夫かい？」

「大丈夫です！　一人でも頑張りますから」

「うん、分かったよ。じゃあとりあえずは、今からでもフリーマーケットに参加できるか、聞いてみないとね」

「それは、私がやっておいてあげる」

割り入るようにして言うと、桜さんは僕からチラシを奪い取り、ポケットからスマホを取り出す。

「私も明日は手伝えないから、これぐらいは」

「ありがとう。助かるよ」

頷くと、桜さんはわずかだが、口元に笑みを浮かべる。そして電話をかけるために、そのまま台所の方へと消えてゆく。

「ほう」

声をあげたのは、イマリだ。

イマリは鼻をひくひくさせると、桜さんが歩いていった方へと顔を向ける。

「極めて珍しいのう。桜がここにきてから大体五、六年じゃが、初めて見たわい」

なにが？　という思いで、僕はイマリへと顔を向ける。

イマリは僕を見ることなく、まるで心が通じたように答える。

「笑顔じゃわい。ここにきてからずっと、桜はなにかを我慢するようにして生きておったからのう」

なにかを我慢？　……そう、だよね。両親が亡くなって、おじいちゃんの家にお世話になるっていうことは、色々と我慢しなければいけないことが、たくさんあるっていうことだよね。洋蔵さんがどんなに優しくても、その優しさに甘えて、あぐらをかくわけにもいかないだろうし。

ただ一つ、言えることがあるとすれば、僕は桜さんのことを、まだほとんどなにも知らないということ。だけど、どうでもいいとも、思えないということ。

それは多分、洋蔵さんのことも、この店にいる、たくさんの付喪神たちのことも、そしてなによりも、イマリのことも、同じだ。

洋蔵さんにつれられて勝手口から外に出ると、公道に向かう左ではなくて、建物と建物の間にできた路地を右へと進む。地面はアスファルトではなくて、むき出しになった土だ。日陰なので一日中太陽の光が届かないにもかかわらず、左右の壁沿いには、刈られることなくそのままにされた夏草が、威勢よくのびている。中央付近には車の走行によりできた轍が、まるで僕たちを導く目印のように、真っ直ぐにのびている。その様子からもこの先には、駐車場かなにかがあるのだろうと予想がつく。

「ここは中庭だね」

一気に視界が開けた。

日の光に目を細めると、僕は目が慣れるのを待ってから、周囲へと視線を送ってみる。

建物に囲われた、公道に面していない中庭。壁際には背の高さほどのブロック塀が設えられており、そのそばにはいつから置かれているのか、割れてしまった陶磁器類が、いくらか打ち捨てられている。正面にあるのは離れだろうか。一階建ての、母屋と同様に木でできた建物が、ひっそりと佇んでいる。

気のせいか、若干だが気温が下がったような気がする。建物と建物の間から流れてくる風が、僕の黒髪を優しく揺らす。

「離れですか？」

「いや、違うね。昔は離れとして使っていたんだけど、正面の土地を売ってからは、日当たりが悪くなってしまってね。それで思い切って倉庫兼車のガレージにしたんだよ」

「そういうことですか」

今一度目を向けてみる。よく見ると所々傷んでおり、全ての窓に雨戸が閉められている。

背後に視線を転じると、そこには母屋二階のベランダがある。ベランダには洗濯物が干されており、その奥には窓側に勉強机の置かれたこぢんまりとした部屋が見える。おそらくは桜さんの部屋なのだろう。居住スペースにはほとんど立ち入ったことがなかったので分からなかったが、背後からも見ることによって、建物全体の構造がなんとなくつかめてくる。

「いい場所じゃろ」

肩にのったイマリが、尻尾を優しく揺らしながら言う。

「わしの壺は、基本この倉庫に保管されておったからのう。空気の入れ替えで戸が開けられた時とかは、よく外に出て、ひなたぼっこをしておったものじゃわい」

目を閉じて、そんなイマリの姿を想像してみる。うららかな春に、夏のそよ風。秋の哀愁に、冬の静寂。……イマリは目を閉じて、まるで肌で時の流れを感じるように、その場にただ、身を落ち着けている。

ガレージのシャッターを開けると、そこには側面に『古道具みやび堂』と書かれた、ハイエースがとまっている。排気ガスの関係で、マフラーが屋内ではなくて外側に向くようにするためなのか、前向きでとめられている。

「昔はよくこれで遠くに買い取りとかにいっていたんだけどね。最近は、たまに納品の時に使う程度だよ」

「ええと、もしかしてこれ、明日僕が使ってもいいってことですか？」

「うん」

洋蔵さんが、着物の袂から、車の鍵を取り出す。

「一応みやび堂の出張販売ってことだから、社用車を使うのは、全然おかしなことじゃあないよね。それにこれだったら、二列目を倒せば、余裕でタンスだって入るし、多分一回で運べるんじゃあないかな」

「ありがとうございます。助かります」

「春人くん、運転はできるんだよね？　とりあえずエンジンをかけてみてもらってもいいかな。多分バッテリーは上がってはいないと思うんだけど」

洋蔵さんから鍵を受け取ると、僕は車の右側からガレージに入る。出入り口付近は狭くて、体を横にしなければならなかったが、中に入ると広い倉庫になっていたので、普通に真っ直ぐに歩くことができる。

車に乗り込む前に、僕は興味本位で、その薄暗い倉庫内へと視線を送ってみる。

ガレージの部分はコンクリートだが、倉庫の方は板の間だ。天井には家庭用のペンダントライトがついているし、さらに奥には襖に隔てられた畳の部屋も見えることからも、ガレージの部分以外は改築せずにそのまま使っているのだろうというのが分かる。

荷物は所狭しと置かれている。大半は段ボール箱に入れられているのでなにが入っているのかは分からないが、大物家具類や形が不揃いな仏像などに関しては、むき出しの状態で置かれているので、目で確認することができる。

「え？　これって……」

思わず呟く。そしてその場にしゃがむと、僕は床に置かれたビニール袋へと、手をやる。

「わしの元、宿り先じゃな。古伊万里の破片の入れられた、ビニール袋じゃ」

僕とイマリは中をのぞく。

色鮮やかな色彩の、磁器の破片――以前桜さんに見せつけられたものと同じ光景が、そこにはあった。

「捨ててない……捨てられない？」

「一応、取ってあるんだよ」

気がつけば、すぐうしろに洋蔵さんがいた。

洋蔵さんは水色のタオルで車の埃を軽く拭いながら、何気ない口調で言う。

「思い出の品といえば、まあそうだからね」

……思い出の品？

僕の気持ちを汲み取ったのか、洋蔵さんが手をとめて、一度天井を仰いでから、僕へと顔を向ける。

「あ、でも、だからといって、春人くんが気にすることはないから。本当に……といっても、やっぱり無理かもしれないね」

自分でも気づかなかったが、この時僕は、相当に暗い顔をしていたのだろう。

洋蔵さんは僕を見ると、どうしたものかといったような困った顔をしてから、車を拭いていたタオルを足元に置かれていたバケツの縁にかけるようにして入れて、まるで取り繕うように、人差し指で軽く頭をかく。

「ここは一つ、はっきりさせておいた方がいいのかもしれないね」

なにかを決めたように頷き、車の助手席側に回ると、洋蔵さんがこんこんと窓を打ちながら、僕へと呼びかける。

「鍵、開けてもらってもいいかな。とりあえず、中で話そうか」

運転席のドアの前に立つと、僕は鍵穴にキーを挿し込み、ドアロックを解除する。シートに座りドアを閉めると、洋蔵さんが乗り込んでくるのを、そのままの姿勢で待つ。ハイエースは普通の乗用車と比べて、若干だが目線が高いような気がする。

シートに座り息をはくと、洋蔵さんは割れた古伊万里の壺について、話し始める。

「あの壺はね、昔旅行で大阪にいった時に、泊まった旅館から譲ってもらった物なんだよ。確か、ロビーだか休憩室だかに、飾られていた物だったかな。あの時の私はまだ駆け出しで、鑑識眼なんてものは全然養われていなかったけど、当時一緒にいった連れに骨董品を見る目があってね。『これは絶対に譲ってもらった方がいい』って、お墨付きをもらったものだから、じゃあということで、交渉をしてみることにしたんだよ」

昔を思い出すように、洋蔵さんは腕を組むと、顔を上に向けて、目を伏せる。

「旅館との交渉は順調で、それどころか旦那さんは、私の鑑識眼と決断力を買って、なんと娘さんを紹介したいと言いだしたんだ。鑑識眼に関しては、全部連れの手柄なんだけど、古物商という肩書を持っていたのが私だったから、多分旦那さんは勘違いをしたんだろうね」

「え？」

話の意外な展開に、思わず僕は、声をあげてしまう。

洋蔵さんは目を開けて、ちらりと目だけで僕を見ると、茶目っ気の漂う笑みを、その口元に浮かべる。

「意外かい？　確かに私は、今はもうこんなもうろくだけど、昔は結構いけていたんだよ？　スーツとかをばしっと決めてね。ほらなんていったかな。小栗なんたらみたいに」

本当かよと思ったが、今の洋蔵さんの顔をそのまま巻き戻してみると、確かにイメージできないこともないような気がしたので、洋蔵さんの言うことは割と、当たらずといえども遠からずなのかもしれない……と思ってしまう。

「それで、めでたく結婚。私の、生涯の伴侶となった。もうだいぶ前に、病気で死んでしまったけどね」

「でも、そうなると、あの壺は、洋蔵さんと奥さんをつなげた、思い出の品……」

「うん。そうだね」

指で顔を挟むようにして頬をなでながら、洋蔵さんが何度か頷(うなず)く。

「まさしくその通りだよ。あの壺は、私と妻をつなげた架け橋。さながら愛のキューピッドってところかな」

でも、と言い、僕がなにかを言い出す前に、洋蔵さんが口を開く。

「それだけなんだ。一番重要なのは、妻に出会わせてくれたこと。そして娘が生まれたこと。そして孫娘が生まれたこと。ようは、壺が導いてくれた縁が、私の人生の一番大事なところを、まるごと全部紡いでくれたということなんだ。分かるかい?」

考えることもなく、真っ白な頭のままで、僕はとにかく首を横に振る。

そんな僕の様子を見た洋蔵さんが、間髪を容(い)れずにシートベルトに手をのばすと、どことなくうきうきとしたような口調で、言う。

「よし分かった。じゃあとりあえず車を出そうか」

「え？」

「実はね、いきたいところがあるんだよ」

全面ガラス張りの、近代的な建物。外壁はダークブラウンで統一されており、店舗の周りには、生垣兼観賞用としての、緑葉に満ちた灌木(かんぼく)が、きれいに剪定(せんてい)された状態で植えられている。外にはウッドデッキが設えられており、ビリジアン色のパラソルの下では、派手な色のジュースやら、クリームののったアイスコーヒーやらを楽しむ若者が、黄色い声をあげて騒いでいる。

「……スタバ？」

車から降りて、店舗へと顔を向けると、僕は誰にともなく呟く。

「一体、どうして……」

「ほう！　随分とハイカラな喫茶店じゃのう！」

興奮しているのか、イマリは肩の上に立ち、その前脚を僕の頭頂にのせる。

「わしはあれが飲みたいぞ！　あのクリームがのっておる、豪華絢爛(けんらん)なジュースをのう！」

「さあ、いこうか」

洋蔵さんが歩き出す。

ここでイマリに応じるわけにはいかないので、とりあえず僕は、無言で洋蔵さんに従うことにする。

「お待たせしました。すみません、随分とこんでいたもので」

トレイをテーブルの上に置くと、僕は洋蔵さんの飲み物を、そっと彼の前に差し出す。

ちなみに洋蔵さんが頼んだのは、カフェオレの上にホイップクリームが大量にのせられた、まるでデザートみたいな見た目の飲み物だ。もちろんクリームの上には、キャラメルソースとチョコソースがふんだんにかけられており、それらの甘さにエッセンスを加えるようにして、砕いたナッツ類がちょうどいい塩梅(あんばい)で振りかけられている。

「これこれ。これを飲んでみたかったんだよね」

洋蔵さんは、柄の長いスプーンを手に取ると、さっそくといったていで口をつけ始める。

近代的な内装に、日本古来の着物。こってこての若者風ドリンクに、緑茶が似合いそうな高齢な御方。なんだかとても場違いに見えるが、同時に新鮮にも見える、この組み合わせ。

僕はそんなある種のアシンメトリーな光景に目を向けつつ、シンプルなアイスコーヒーを口に含む。

「実はね、ずっと前から、きてみたかったんだよね。ここ」

「……そう、なんですか？」

「でも、私もだいぶ歳だからね。どうしてもこられなかったというか、いきにくかったというか。桜と一緒なら、もしかしたらいけたかもしれないけど、最近はあの子、私とこういう店にいきたがらなくなってしまってね。まあ年頃だから、仕方ないといえば仕方ないけど」

なにが……言いたいのだろう。

僕は、洋蔵さんの飲み物に飛びかかろうとするイマリを、手で尻尾を握ることにより押さえつつ、首を傾げて聞く。

「さっきの続きじゃないけど、春人くん……きみも、なんだよ。きみも、あの壺が紡いでくれた、つながりの一つなんだ」

「それは……あの日、僕がぶつかってしまったことにより、壺が割れたから……ということですか？」

「誠司くん……」

僕の質問を無視……というかあえて答えずに、洋蔵さんがとある人物の名前を口にする。

その名を聞き、僕は一瞬頭の中がからっぽになり、その後になにがなんだか分からなくなり、最後に強い強い疑念が、胸いっぱいに湧き上がる。

「……その反応、やっぱりそうなんだね。誠司くんの苗字は『山川』。そして春人くんの苗字も『山川』。春人くんは、誠司くんのお孫さんだ」

「な……なんで……。おじいちゃんのこと、知っているんですか？」

「知っているもなにも、大学時代からの友人だったよ。そしてさっき話した、大阪に一緒に旅行にいった連れであり、みやび堂の古くからの常連さんでもあった」

つまり洋蔵さんは、初めから僕のことを知っていた？　じゃあ一体、僕個人については、どこまで知っているんだろうか？　話を聞く限りでは、かなり親しい友人だったみたいだし、僕とおじいちゃんの仲違い(なかたが)いの件も、もしかしたら……。

「苗字を聞いた瞬間、ぴんときたよ。そもそも春人くんの顔が、若い頃の誠司くんの顔に、すごく似ていたからね」

「どうして」

言ってから、僕はごくりと喉を鳴らす。そして深く呼吸をしてから、もう一度初めから聞く。

「どうして、もっと早くに言ってくれなかったんですか？」

「それはね、早い段階で話すと、春人くんが、私たちの前からいなくなってしまうと、そう思ったからだよ」

否定しようかと思ったが、すぐに言葉を呑(の)み込む。実際はどうなのだろうか？　と自分自身に質問をすると、正直分からなくなったから。今現在の洋蔵さんたちに対する気持ちと、数週間前のそれとは、ちょっと……いや結構、違うと思う。だったら、数週間前に話されていたら、洋蔵さんの言うように、やっぱり僕は、逃げていたかもしれない。

「ようは、洋蔵さんは、親しい友人の孫だったから、僕が壺を割ってしまったことを、許したと？」

恐る恐る聞くと、意外にも洋蔵さんは、からっとした笑みを浮かべて、はっきりと言う。

「うん。そうだね。まさしくその通りだよ」

テーブルの上に立ち、僕と洋蔵さんの話を黙って聞いていたイマリが、鼻から息を抜いて笑う。

「随分と明朗じゃのう。こういう時は普通、人間は、オブラートとやらに包んで、ものを言うのではないのか？」

でも、と言い、洋蔵さんが補足を加えるといった雰囲気で続ける。

「勘違いしないでほしいんだけど、なにも私は、贔屓(ひいき)で、春人くんを許したわけじゃあないよ。恩返しを、したかったんだ」

「恩返し……ですか？」

「そう、恩返し。私はね、誠司くんには感謝しているんだよ。本当にものすごく感謝をしているんだ。誠司くんのおかげで、最愛の妻に巡り会うことができたし、誠司くんのおかげで、娘を授かることができたし、誠司くんのおかげで、桜に出会うことができた。だからこそ、誠司くんに恩返しをしたい……そう思うのは、普通だよね？　そして誠司くんは、最後の最後まで、孫である春人くんのことを……気にしていた」

――それって……。

膝の上で、手を握り締める。目を伏せて、頭を下げるように、一度だけ小さく頷く。

……もういい。十分だ。

「さあ、そろそろ戻ろうか」

洋蔵さんが席を立ったので、僕は器やごみをトレイにのせて、同じく席を立つ。

「桜には、なにも言わずに出てきちゃったから、もしかしたら心配しているかもしれないし。というか、怒られちゃうかもしれないね。店、任せっきりだから」

「最後に一つ、聞いてもいいですか？」

「なにかな」

「どうしてスタバなんですか？　なんていうか、洋蔵さんのイメージに、あまり合わないような気がしたので」

「本当に、きたかっただけだよ」

着物の袖に手を入れて、小首を傾げると、洋蔵さんが笑みを浮かべる。

「ただ、もしも春人くんがいなかったら、私は一生、ここにはこられなかっただろうねえ」

みやび堂に戻ってくると、僕は一度店の正面に車をとめる。

店先には、出かける前と同じように、タンスやら狸の置物やらその他大物家具類やらが、歩行者の邪魔にならないように、歩道脇に寄せて置かれている。ただ一つ違う点があるとすれば、それは日除けのためのシートがかけられているところだ。おそらくは桜さんが、日焼けによる品質劣化と、一応の盗難防止のために、かけたのだろう。それは同時に、処分品から商品に、一時的に戻ったことを意味するといっても、過言ではない。

車から降りて、ドアを閉めたところで、出入り口の暖簾の向こうから、桜さんが姿を現す。

「どこいってたの？」

「ごめんごめん。ちょっと春人くんと、スターバックスコーヒーにね」

「え!?」

声をあげてから、信じられない……というような顔をする桜さん。

「どうして私にも声をかけてくれなかったの!? どうして二人で!? 意味分かんない！いきたかったのに！」

「ええ!? そうなのかい？」

微苦笑を浮かべて頬をかくと、洋蔵さんが僕の方を向く。

「ごめんね。春人くんがいなくても、死ぬまでにスターバックスコーヒーにはいけたかも」

――おいっ！

「そんなことよりフリーマーケットだけど」

――そんなこと⁉

「電話してみたら大丈夫だって。場所は東町の神社。受け付けは八時からで、開場は十時。車出店の場合は駐車場がそのまま会場になるから、お客さんが入る十時前には必ず準備を終わらせてくれって。で、参加費なんだけど、四千円だってさ。本来はプロ出店になるけど、今回が初めてだからお試しコースでいいよってことで、ちょっとだけまけてくれた」

「ありがとうございます。詳しいことは、またあとで聞きますから」

返事を聞くと、桜さんは小さく頷いてから、踵を返して足早に立ち去る。どうやら店内にお客さんがいるみたいだ。一見さんかもしれないけど、確かにずっと席を外すのは、まずいかもしれない。

「さあ、とにかく今は、目の前のことを一つひとつやっていこうか」

「はい」

「とりあえずは荷物を、車に積み込んでしまおう」

「了解です」

落ち着いた口調で、されど力強く言うと、僕は考えることなく自然に、ズボンのうしろポケットへと手をやる。そこにはいつも使っているラバー軍手が、重ねて二つに折った状態で、入れられている。

「私が手伝った方がよさそうなのは、桐タンスと」

サタケさんの宿るタンスを見てから、洋蔵さんは狸の置物へと視線を転ずる。もちろん狸の置物は、アズミノさんの依代のそれだ。

「あっちの信楽焼の狸かな」

「そうですね。……でも、大丈夫ですか？　二つとも、結構重そうですけど」

僕の気遣いに、洋蔵さんが苦い顔をしつつ、腰に手を当てる。

「そうだね。だから、その二つ以外は、任せてもいいかい？　飾り棚ぐらいなら、春人くん一人でもいけると思うし」

「はい。もちろんです。じゃあそんな感じで、お願いします」

まずは桐タンスを、シートのうしろの部分に、押し付けるようにして積んだ方がいいということになったので、僕と洋蔵さんは、さっそく取りかかる。

僕がタンスの左側を、洋蔵さんが右側を持つと、「いっせーの」とかけ声をして、地面から持ち上げる。そしてそのままハイエースの荷台まで慎重に運ぶと、敷かれた段ボールの上に、そっとのせる。

「中に入って、段ボールを引いてくれるかな？　私は反対側から押すからね」

「あ、はい。分かりました」

言われた通りに、僕はバックドアから車の中に入ると、例のごとく「いっせーの」で段ボールを思い切り引く。すると洋蔵さんの押す力も加わってか、段ボールの接地面がすると滑り、あっという間にシートのうしろまで、タンスが移動する。

「あとは狸の置物ですね」

タンスの時と同じように、バックドア付近に段ボールを敷きながら、僕は言う。

「うん……そうだね。じゃあ、同じように……」

同様に、僕が左を、洋蔵さんが右を担当して、狸の置物を段ボールの上まで移動させる。

置物を下ろしたところで、洋蔵さんが青白い顔をして、腰に手を当てる。

「春人くん……ごめんね。あとは頼んだよ」

「え？　まさか洋蔵さん……腰を？」

言葉で答える代わりに親指を立てると、洋蔵さんは弱々しいすり足で、店の中へと入ってゆく。

僕はそんな洋蔵さんを、あわあわとした、同じく青白い顔で、見送ることしかできない。

「春人よ、ちとこい」

車の中から、イマリが僕に呼びかける。

「いや、それどころじゃ」

「アズミノの依代に、なにかあるぞ」

「え？　なにかって？」

僕はバックドアから車の中に入ると、イマリがいる、狸の置物の裏側に回る。

「ここじゃ」

イマリが手で示した部分に目を落とすと、そこには傷……ではなくて、なにかでがりがりと刻んだ、小さな文字があった。

『ユウキ』……って、書いてあるのかな？　多分、名前だよね？」

「じゃな。まあ、誰かがいたずらで書いたのじゃろ。よくあることじゃわい」

刻まれた名前について、アズミノさんに聞こうと思ったけど、残念ながら当の本人は、ぐうぐうとお昼寝の真っ最中だったので、聞くことはできなかった。

＊

硬い床のどこまでも気持ちのよくない感覚に目を覚ますと、僕は窓際へと歩み寄り、カーテンを開ける。空は曇っていた。予報では、夕方過ぎから雨が降ることになっているが、まあ炎天下でフリーマーケットに参加するよりかはいいだろう。雨でない限りはお客さんの足が遠のくということもないだろうし。

ベッドへと顔を向けると、そこにはイマリとチックの姿がある。二人は未だに寝息を立てて眠っている。もしかしたら深夜に一悶着あったのかもしれない。のばされたイマリのうしろ脚が、チックの顔に当たっている。

しかしあれだな。よくチックはベッドの上で寝られるよな。僕でさえ、イマリに対しては、まだちょっと恐れ多いというのに。

抱きかかえて床に下ろすと、目を覚ましたイマリが、うつらうつらとしながら、ふにゃふにゃとした口調で言う。

「わしゃーまだ眠いぞ。神は十二時間寝て、豪勢な馳走を優雅に食らうものじゃわい」

「それは中世の貴族かなにかだよね？」

「うるさい！　従者はわしの言うことをただはいはいと聞いておればいいんじゃ！　それよりはよ馳走を用意せんかい！　わしは空腹なんじゃ！」

目を閉じたままでぽこぽこと狼パンチを繰り出すと、ごろりと床に転がり、まるでおねだりをする子供みたいに、ばたばたと脚を動かして駄々をこね始める。

「分かったよ。でもとりあえずはチックを起こさないと。それから朝ごはんにするから」

「なにを言うとる。どうせこやつは、物を食らうことなどできんじゃろ」

「……僕、できる」

目を覚ましたチックが、手で顔をこすりながら呟く。

「え？　そうなの？」

聞くとチックは、案の定ぱたんと耳を折り、顔をそらして、不機嫌そうに目を閉じてしまう。

またか。どうやらこちらから話しかけるとだめみたいだ。

「……妙じゃな」

鋭い視線でチックを見ながら、イマリが考えるように、鼻に手を当てる。

「物を食らうことができるというのは、つまりは物に触れられるということ。それだけでもかなり力の強い付喪神ということになるわけじゃが」

「ええと、つまりどういうこと？」

僕の質問を当然のように無視して、イマリが僕に聞く。

「こやつの宿っているレコードじゃが、想いの強さ以外に、本当になにもないのか？　本当は価値のある物なんじゃあないのか？」

「いや」

テーブルの上に置いてあったレコードを手に取ると、表面と裏面を交互に見てみる。返すたびに、ジャケットのカバーの透明なビニールが、かさかさと鳴る。ちなみにまだ一度も開けていない。プレイヤーもないし、なによりもレコードの扱い方が、よく分からなかったから。

「秀樹、確かに言っていたよね？　今でも普通に買えるって。しかも布教用に何枚か持っていたし」

ふむ、と言い、イマリがじとーっとした目を、チックに向ける。

イマリの視線を感じただろうチックは、僕たちに対して背を向けると、まるで拒絶するように、そのまま布団の中へと潜り込む。

「本当にこやつ、そのレコードの付喪神なのか？　全くもって信じられんわい」

朝食を済ませて身支度をすると、僕は玄関で靴を履き、戸締まりのやり忘れがないかを確認するために、一度室内へと視線を巡らせる。

カーテンの閉められた薄暗い部屋に、ぽつんとチックが丸まっている。

なんだか寂しいなと感じた僕は、靴を脱ぎ部屋に上がると、チックの宿り先であるレコードを手に取り、目に付いた紙袋に入れる。

荷物になるのは分かりきってはいるけど、とりあえず今日は、つれていくことにしよう。

みやび堂に着くと、僕は挨拶もそこそこに、中庭のガレージへと向かう。シャッターを開けて車の中をのぞき込むと、そこには山積みにされた骨董品や古道具の数々が、すし詰め状態になっている。なにが入っているのかが側面にメモ書きされた段ボール箱に、積み上げられたコンテナ。家具類には傷がつかないように毛布がかけられているのだが、その上ではアズミノさんとサタケさんが、すやすやと心地よさそうに眠っている。

車を店の前に回すと、洋蔵さんと桜さんが待っていたので、一度車をとめて、車外へと出る。

「春人くん、これを」

洋蔵さんが僕に、白い紙袋を差し出す。

受け取ると僕は、中をのぞき込みながら聞く。

「ええと、これは？」

「フリーマーケットに必要な物を、色々と取り揃えておいたから。出店料におつりの小銭。領収書に、メモ用紙と油性のマジック。あとは電卓とかビニールシートとか袋とかだね。袋は小物の商品が売れた時とかに使う感じかな」

「ありがとうございます。助かります」

礼を言うと、僕は頭を下げる。思いのほか素直に受け取れたことに、僕は自分自身に少しだけ驚く。

「私からはこれ」

一歩前に出ると、桜さんは視線を斜め下辺りに落としつつ、僕へと水色の巾着袋を差し出す。中には紙でいうところのB5サイズほどの大きな弁当箱が入っている。律儀にも、箸は箸入れに入れられている。予備のためなのか、使い捨てのお手拭きが二つも入っている。

「え？　あの……その……ありがとうございます」

手で口を覆いながらも、僕はなんとか言葉を絞り出す。

多分……おそらく……多分、すごく嬉しい。手作り弁当とかをもらうの、初めてだから。

「別に。朝ごはんを作るついでに、ぱぱっとやっただけだし」

「な……なにかお礼を……そうだ」

僕は一度車に戻ると、助手席に置いてあったコンビニの袋を引っつかむようにして取り、戻ってくる。中にはここにくる前に昼ごはんとして買った、卵サンドとおにぎり二つ、あと野菜や果物のイラストが目を引く、健康志向なジュースが入っている。

「これ、どうぞ」

受け取ると、桜さんはなにが入っているのかを確かめるために、袋の中をがさがさとあさる。

はあ……と、ため息をつくイマリ。それからぼふんと煙を出して巨大化すると、きっと僕を睨んでから、またすぐにかわいらしい子供の姿に戻る。

「やれやれ。春人のあまりのばかさかげんに、思わず元の姿に戻ってしまったわい。こんなくだらぬことで、わしの力を浪費させせんでくれ」

ど……どういうこと？

「おぬしはもっと、人付き合いというものを、学んだ方がよいのではないか？」

イマリに言われて、はたと気づく。と同時に、僕はか――っと頬を紅潮させる。自分が桜さんにしでかしてしまったあまりにも粗野な振る舞いについて、後悔の念が込み上げる。

「――ご、ごめんなさい！　弁当のお礼は、今度また、違うかたちでしますから！」

「え？　別にこれでいいけど」

呆然（ぼうぜん）とした顔で、桜さんが首を傾（かし）げる。

「でも、桜さんに、コンビニのごはんとかって……」

「コンビニの食べ物って、結構おいしいよね？　私ほとんど食べないから、逆に新鮮っていうか。ありがとう」

よかった……のか？　見たところ、僕に気を遣って……みたいな雰囲気は、ないみたいだけど。

「よかったのう」

肩に飛びついたイマリが、僕の耳元で呟く。

「正反対の価値観に、救われて」

会場の神社は、繁華街の裏手、脇道の緩やかな坂を上った先にあった。みやび堂からはほど近くて、車で数分という距離だったので、慣れない大きな車を運転する僕にとっては、本当に幸いだった。

駐車場の出入り口で受付を済ませると、僕は徐行で車を走らせて、指定されたブースへと向かう。

「ここみたいだね」

「ふむ。そうみたいじゃな」

車をブース内にとめると、僕は外に出て、会場の位置関係を確認する。

出入り口からは最も遠い、奥の角地。すぐ背後にはきれいに剪定されたツツジが、そしてその奥には、外からの目隠しのように林立する竹がある。境内の方に顔を向けると、こんもりとした木々の向こうに、かすかに本殿の屋根が見える。チラシに書かれていることが確かならば、そちら側には、手持ち搬入のブースがひしめくのだろう。

「なんというか……みすぼらしい場所じゃのう。崇高なこのわしには、全く相応しくないではないか」

「仕方ないよ。なんといっても申し込んだのが昨日なんだから。出店できただけでも、ありがたいと思わないと」

「わしは気分を害した。もう寝る！」

鼻から息をはき、吐き捨てるようにして言うと、イマリは軽やかに助手席へと飛びのり、目を閉じる。

入れ替わるようにして出てきたのが、タンスの付喪神、狐のサタケさんと、狸の置物の付喪神、アズミノさんだ。

「自分、ここで全然問題ないっす」とサタケさん。

「おいらここ好き。なんか落ち着く」とアズミノさん。

二人は一歩二歩と前に出ると、初めてきたこの場所を、物珍しそうな眼差しで、きょろきょろと見回す。

設営を終えて、開場までの時間を持て余していると、隣のブースの出店者がやってきて、僕に挨拶をした。

「おはよう。俺、隣のブースの榊原直哉。今日は一日よろしく」

その人は、バナナの描かれた白のTシャツに、黒いタイトなパンツという格好をしている。歳は三十歳前後といったところだろうか。長いストレートの髪をしていることから、どことなくではあるがバンドマンっぽい雰囲気が漂っている。

「あ、はい。すみません。よろしくです」

あまりにも突然だったので、言葉がどこか変になってしまう。なのですぐに、僕は頭を切り替えて、言い直す。

「山川春人です。よろしくお願いします」

うかつだった。フリーマーケットとはいえ、隣同士。挨拶するのは礼儀だし、基本中の基本だ。

「すみません。本来であれば、こちらから挨拶にうかがうところを……」

「いやいや、どっちが先とかないから」

軽く笑いながら手を振ってくれたが、他に言葉が思い浮かばなかったので、再び僕は、まるで壊れたレコードのように、すみませんと繰り返す。

「春人くんは骨董屋なの？」

「はい。近くにある、【古道具みやび堂】という店です。骨董品とか古美術品とか、あと古道具とかを、色々と扱っています。……といってもまあ、僕はまだまだ入りたての、ほぼ新人なんですが」

「そうなんだ。俺は御茶ノ水の方で、バンドグッズの店をやってる。主にクラシックロック。六〇年代七〇年代だね」

榊原さんが自分のブースへと顔を向ける。

つられた僕も、榊原さんと同様に顔を向ける。

ハンガーラックに吊るされたバンドTシャツに、陳列棚に並べられた、たくさんのアクセサリー類。よく見ると、ブリキのおもちゃやバンドメンバーをかたどったプラモデルなどといった、ビンテージに分類されるだろう品も置かれている。奥に軽バンが駐車されているのだが、バックドアを大きく開け放して、そのまま売り場として利用している。

なるほど。車も売り場として、利用してしまうんだ。

僕はみやび堂のハイエースへと視線を転ずる。重たくて一人では出せなかった桐タンスが目に入る。

工夫すればあれも、そのままディスプレイ台になるかも……。

「春人くんは、今日が初めて？」

「はい、今日が初めてです。全部売れるといいんですが」

「あーそっかー……」

意味深長な言葉を口にすると、榊原さんは腕を組み、かすかに首を傾げる。そしてまるで話をそらすようにその場にしゃがむと、シートの上のアンティーク雑貨を物色し始める。

「いいね、これ。買ってもいい？」

取り上げたのは、宝箱の形をした小物入れだ。

「まだ開場前ですが、売り買いって大丈夫なんですか？」

「禁止されてるフリマもあるけど、ここは問題ないから。ていうかこの時間が、一番お宝をゲットできる確率が高いんだよね」

そんな感じなんだ。フリーマーケットのメソッドって、他にも色々とあるのかもしれない。イマリに頼んで、あとで検索でもしてもらおうかな。

「で、これっていくら？」

「あ、はい」

帳簿を開くと、僕は小物入れの値段を確認する。

「その小物入れは、三千五百円です」

値段を聞くと、榊原さんはうしろポケットから、黒い長財布を取り出す。ズボンのループにつながった銀の鎖が、じゃらりという硬い音を立てる。

商品を受け取ると榊原さんは、今一度みやび堂のブースへと視線を巡らせてから、言う。

「えーと」という前置きがあったことからも、若干だが遠慮の気持ちがあったのかもしれない。あるいは口を出すことに対して、差し出がましいかもといった、そんな思いが。

「値段は一つひとつしっかり書いといた方がいいよ。たくさんあって難しい時は、『この棚の商品　3，000円～5，000円！』みたいにまとめてでもいいからさ。店員に聞くのが面倒くさくて、それでまあいいやって諦めちゃう人も結構いるから」

「確かに……」

うつむきかげんに視線を落として、独り言のように呟いてから、僕は今一度顔を上げて、榊原さんを見る。

「……他に、なにかあったりしますか？　なんていうか、ここをもっとこうした方がいい……みたいなところ」

「うーん、そうだなー……」

親指にあごをのせると、榊原さんが左から右へと、ゆっくりと顔を動かす。

僕は榊原さんが再び口を開くのを、かすかな緊張感の中で待つ。

「あっ」

気づいたような声をあげると、榊原さんはブースの左側へと回り込み、僕の鞄の脇に、紙袋に入れて置いてあった、ビートルズのレコードを手に取る。

「ハリウッドボウルじゃん！　レコードも売ってるんだ！」

「あ、いえ、それは売り物ではなくて、僕の私物で」

「もしかして春人くん、ロック詳しかったりする？」

「すみません。僕はほとんど聴かなくて。それは友だちからもらった物なんです」

「あーそういうこと」

榊原さんはひとしきりジャケットを見ると、次に裏に書かれた細かい英語の文字を読み始める。先ほどと比べて目が明らかにきらきらとしている。古いロックが本当に好きなんだなあと、そんな榊原さんの姿を見ながら、僕は思う。

「春人よ」

話し声が気になったのか、車から出てきたイマリが僕の肩に飛びつく。

「こやつ、言うなればプロじゃろ？　聞いてみたらどうじゃ？」

　イマリの言わんとするところがよく分からなかったので、僕はかすかに首を傾げる。

「そのレコードの価値についてじゃ。あるいはこの小生意気な兎（うさぎ）について……」

　イマリがちらりとチックを見る。

「なにか分かるやもしれぬぞ」

　イマリの言う通りだ。これはチャンス……かもしれない。

「……榊原さん、ちょっと聞いてもいいですか？　そのレコードって、もしかして価値があったりします？」

「いや」

　即答すると、僕に目を向ける。口元に浮かんだ微笑に、精悍（せいかん）な眼差し。自信に満ちた表情だ。

「『TOJP-7411』。九二年に再リリースされたやつだね。中古だったら二千円前後ってところかな」

　やっぱりか。レコード自体にはそれほどの価値はない。布教用に三枚持っていたことからも、秀樹がこれ一枚に対して、特別な思い入れがあったとも考えにくい。ではなぜこのレコードには付喪神が、チックが宿っているのだろうか……。

「でも俺は、このレコード好きだなー」

　黙考する僕をよそにして、榊原さんが思いに耽（ふけ）るように言う。

「知ってる？　ビートルズのライブアルバムって、公式だと、これ一枚だけなんだよ」

「そう、なんですか？　でもどうして……。ビートルズだったら、出せばいっぱい売れそうっていうか」

「それはあれだよ。ビートルズは六六年を最後に、ライブ活動の一切をやめちゃったから。楽曲制作に専念するためとか、諸説あるみたいだけど、一番有力なのは、『観客の声がうるさすぎた』から。誰も歌を聴いていない……そんな様子に、もしかしたら嫌気が差したのかもね」

つまりは、うるさいから口を閉ざした……まるでチックみたいだ。

鞄の上で丸まる、チックへと視線を送る。

目が合うとチックは、僕から視線をそらす。いつも通りに、不機嫌そうな顔で。

「余談なんだけど、ビートルズって、アメリカで最後のライブをする二ヶ月前に、日本にきてるんだよね。それがあの有名な武道館公演。日本で行われた、最初で最後のビートルズのコンサート。その時のグッズには、すごい高値がついてる。パンフレットは二万円前後。未使用のチケットだったら、なんと二十万円前後！」

チケットが、二十万円⁉

「す……すごいですね」

「でしょ？」

笑みを浮かべて、まるで自分のことのように喜ぶ榊原さん。

「だから、もしみやび堂さんにそういう商品が入ることがあったら、是非うちに回してね」

「はい。その時は、連絡しますので」

榊原さんは僕に名刺を渡すと、「そろそろ時間だね。お互い頑張ろう」と言い残して、自分のブースへと戻ってゆく。

僕は名刺を財布の中にしまうと、空を仰ぐ。涼しげな雲が垂れ込めている。

サタケさんとアズミノさんの運命を分けるフリーマーケットが、いよいよ始まる。

＊

十時の開場と同時に、たくさんの人がやってきた。辺りには人の声が満ち溢れて、一気に祭りのような喧騒が広がった。町が主催のフリーマーケットなので、さすがに年配の方が多いように見えるが、ちょこちょこと若い人やカップルもいたりする。正直大規模なフリーマーケットではないので、そんなに人はこないだろうと予想していたが……まさかこれほどまで賑わうとは。

刻々と時間が過ぎてゆく。午前の二時間がピークだったのか、正午を過ぎると、一旦客足が落ち着いたように見えた。

「自分……売れないっすね」

僕の左側に腰を下ろすサタケさんが、落胆したようにうなだれる。

「おいらに関しては、面白がられておしまいだよ」

右側に腰を下ろすアズミノさんが、涙を隠すように両手で目をこする。

僕はそんな二人を励ましつつ、現在の状況を確認するために、ブース内へと視線を送る。

アンティーク雑貨・小物に関しては、ちょこちょこと売れている。値段が手頃で、しかも買ってすぐに持ち帰れるのがいいのかもしれない。それ以外の物、例えば火鉢だったり、スタンドライトだったり、木彫りの像だったり、この辺りは持ち帰れないことはないが、そこそこ値が張るので、興味を示す人がいるにはいるのだが、売れるまでには至らない。

問題の桐タンスと狸(たぬき)の置物に関してだが……正直売れる気配が全くない。残念ながらその兆しすらも、見られない。

やばいな、このままじゃ……。最悪サタケさんとアズミノさんが宿っている、タンスと狸の置物だけは売らないと。

「サタケさん、アズミノさん、なにかアイデアってない？　こうすれば売れるかも、こうすればもっとお客さんが足をとめてくれるかも、みたいな」

うーんと言うと、二人はお客さんの目線に立つために、ブースの前に回る。

「自分、いいっすか？」

　サタケさんが、僕を見てから、陳列されている商品へと顔を向ける。

「なんか陳列が平坦な気がするんすよね。自分の目線が低いから、ただそう見えるだけなのかもなんすけど」

「確かに。今は地面にシートを敷いて、その上に商品を並べてあるだけだから」

「なんかこう、ひな壇みたいにしたくないっすか？　そこまで言わなくても、高低差はほしいっていうか」

「でも、そんな設備ないからなー……」

「段ボール箱やコンテナがあるではないか」

　車の助手席でぴこぴことスマホのゲームをするイマリが、さも興味なさげな雰囲気を醸し出しつつも、こちらを見ずに言う。

「コンテナを裏返せば安定した台になるし、緩衝のために持ってきた毛布をその上にかければ、見栄えだってよいじゃろ」

「……イマリ」

　あの傲慢でわがままなイマリが、僕たちを思い、助言をしてくれた。そう思ったらなんだか嬉しくなってきて、気がつけばイマリを抱き上げていた。

「なにをする!?　放せ暑苦しい！　無礼にもほどがあるわい！」

ばたばたと暴れて、ぽこぽこと狼パンチをくらわせて、最後に爪を立てて引っ掻いた。

イマリを下ろすと、僕は痛い頬をさすりながらも、簡易的な陳列棚を、なんとか完成させる。

「とりあえずは、今できるのはこれぐらいかな」

「あの、おいらもいい？」

様子をうかがうようにして、アズミノさんが手をあげる。

「大きな商品については、買ったあとの配送についても、書いておいた方がいいと思うんだ。買ったはいいけど持ち帰りが……って、躊躇しちゃう人もいるかもだしれないし」

「うん、確かにそうだね。ありがとう、アズミノさん。さっそくポップを作るよ」

僕は余っていた段ボール箱を解体すると、吹き出し状に切り抜き、そこに赤と黒のマジックペンで、次のような文字を書いた。

【家具類に関しましては全て無料で配送いたします。お気軽にご購入ください】

無料で配送の部分を赤文字、その他の部分を黒文字といった具合だ。これなら誰の目にも分かりやすいだろう。

時刻は午後一時。イベントの終了が四時なので、残りはあと三時間しかない。

絶対にサタケさんとアズミノさんを助ける。願いを叶えてあげる。

僕はお客さんに商品を見てもらうためにも、注目してもらうためにも、慣れないし、正直初めは恥ずかしかったが、頑張って大きな声を出して、呼び込みを行った。あらん限りの大きな声で。もう他に、できることはなにもなかった。

――そして成果を出せぬままで、十六時を迎えてしまう。

＊

みやび堂の店先には、大きなトラックがとまっている。荷台には、今しがたハイエースより積み替えた家具類が、みやび堂に寄る前に回収しただろう廃棄物と一緒に、のせられている。

僕は、足元に佇む（たたず）サタケさんとアズミノさんに、視線を送る。

サタケさんは、今にも泣き出しそうな表情で、うなだれている。

アズミノさんに関しては、もうすでに泣いている。ぽたぽたと滴った涙が、アスファルトの地面を、黒い水玉模様に染めてゆく。

そんなアズミノさんの姿を見た僕は、心に彼の感情が流れ込んだのか、思わずもらい泣きをしそうになる。

「それでは確かに」

洋蔵さんからサインをもらうと、処理業者の男性は、荷台にカバーをかぶせて、ゴム紐でしっかりと固定する。

「春人さん、最後の最後まで、本当にありがとうございました。自分、マジで嬉しかったっす」

頭を下げると、サタケさんは業者の男性に続いて車内へ。

……いってしまう。

「春人氏、おいら、このご恩を、絶対に忘れない。……ばいばい」

サタケさんに続いて、アズミノさんも車内へ。

いってしまう。

「江本さん、毎度ありがとうございます。またよろしくお願いします」

トラックに歩み寄ると、洋蔵さんが小さく頭を下げる。

本当に、もうなにもないのか？

かけられるエンジンの音に、閉められる窓の音。

頭上には灰色の雨雲が、まるで僕たちの心を反映するかのように、暗く、重たく、一面に広がっている。

もう、なにもできないのか？

ハザードランプが消えて、トラックが走り出す寸前に――肩にのっていたイマリが、細めた目をトラックの方へと向けながら、何気ない口調で言う。

「しかしあれよのう。この世の中、本当にたくさんのごみが出るんじゃな。しかもよく見ると、まだまだ全然使えそうな物もあるではないか。間違いなく今この時に、あれらを必要としている者もおろうに」

——今この時に、あれらを必要としている者がいる……。

イマリの言葉を聞き、なぜか僕は、心臓がどくんと高鳴った。と同時に、頭の中にとある記憶がリプレイされた。それは昨日、秀樹の引っ越しを手伝った際の映像だった。

なにもない新居……その時確かに、秀樹は言った。

『家具はこれから徐々に揃えていく』と。

秀樹だ！

トラックの荷台へと顔を向ける。カバーがかかっており見ることはできないが、どこになにがのっているのかは、しっかりと目に焼きついている。

タンスに座卓に飾り棚……この辺りなら、間違いなく買い取ってくれるだろう。狸の置物は……まあなんとか頼み込んでみよう。

「すみません！」

急いでトラックに駆け寄ると、僕は手でドアを打つ。

「あのすみません！　少しだけ、待ってくれませんか？」

「え？　待つって、なんで？」

助手席側の窓を開けると、業者の男性は、身を乗り出しながら、どこか不思議そうな顔で聞く。

「今しがた受け渡した物ですが、もしかしたら必要としているかもしれない人がいるので、電話で確認をしたいんです」

「いや、でも、時間が……」

「どうか待ってはくれないかな？」

洋蔵さんだ。彼は僕の隣に立つと、業者の男性を見上げる。

「たとえいくらかキャンセルになったとしても、料金はそのままでいいから。こちらとしても処分するよりかは、誰かに使ってもらえる方が、やっぱり気持ちがいいからね」

業者の男性は、その場に視線を落として考える。そして顔を上げると、こちらへと向き直り、「江本さんの頼みなら、断れないねー」と言いつつエンジンを切る。判断が妙に早かったので、もしかしたら初めから、答えは決まっていたのかもしれない。これも全て洋蔵さんの人徳のおかげだ。

「洋蔵さん……ありがとうございます。……すみません」

皆から距離を取ると、僕はポケットからスマホを取り出して、すぐに秀樹へと電話をかける。

何事かと気になったのだろう。サタケさんとアズミノさんが車から出てきて、僕の足元に立つ。二人の目には、不安と期待が入り交じったような、そんな淡い光が浮かんでいる。

『おー春人、どうした？』

数回の呼び出し音のあとに、秀樹が通話に応じる。どこまでも明るくて、どこまでも陽気な口調。今この時に電話に出てくれた……それだけでも、なんだか僕は、とても嬉しい気持ちになる。

『つか初めてじゃないか？　春人の方からかけてくるなんてさ』

「秀樹、ちょっとお願いがあるんだけど、いい？」

『お願い？　なに？』

「新居の家具、これから揃えるって、言っていたよね？」

『え？　あ、うん』

「実はうちの店に、どうしても売りたい家具があるんだけど、どうかな？」

『家具かー……』

独り言のように呟くと、秀樹が一瞬黙る。

……頼む。

『えーと、なんていうか』

――頼む！

『ごめん、無理だわ』

…………そんな。

『実はもう、全部注文しちゃったんだよね。今からキャンセルとか、無理だし』

視界がゆがんだ。ぐにゃーっとゆがんだ。状況を上手く飲み込めないのか、あるいは無意識にも拒絶しているのか、まるで悪夢の中にいるような気分になった。

そんな僕のことが心配になったのか、アズミノさんがズボンの裾をくいくいと引いて、顔を上げる。しかし僕は、それに応えることができない。申し訳なさから、顔を見ることさえも。

『え？　なに？　もしかして結構深刻？　ノルマとか？　売らないとクビとか？』

「いや、そうじゃなくて。ただ今売らないと、もう処分されちゃうから。個人的にすごく思い入れのある品だから、それで……」

『そんなに思い入れのある品なら、春人が買えばいいんじゃね？』

「できればそうしたいんだけど、お金が……」

『あー……』

空がごろごろと鳴った。湿った風が、僕の頬を、不愉快にもなめた。居心地の悪い沈黙が、しばらくの間続いた。

僕の事情に、これ以上秀樹を巻き込むわけにはいかないよね。

「ごめん、それだけだから。それじゃあ」

電話を切ろうと、僕は耳からスマホを離す。

『あっ、ちょっと待って！』

秀樹の声に、僕は再び、スマホを耳に当てる。

『話は変わるんだけど、ビートルズのレコード……もう気づいてるよね？』

「ビートルズのレコード？」

おうむ返しに聞いてから、僕は手に持った紙袋へと、目を向ける。

「気づいているって、なにが？」

『もしかして、まだ中見てない感じ？』

「うん。プレイヤーを持っていないから、出してもしょうがないし」

『そっかー……』

秀樹が、どこか嘆くような声音で言う。その声からは、頭をかいて天井を仰ぐ、そんな秀樹の様子が思い浮かぶようだ。

『今近くに、俺のあげたレコードって、あったりする？』

「うん、あるよ」

『ちょっと中開けてみ』

秀樹に言われて、紙袋からレコードを出すと、僕はかけられていたビニールを取り、おもむろにジャケットを開く。するとそこには、解説書の他に、大きめの茶封筒が挟まれている。封筒の中に入っていたのは、長細い、長方形の紙だ。なんだろうと手に取ると、なんとそれは、ビートルズのコンサートのチケットだった。

「え？　ちょっ、これって……」

『ビートルズのコンサートチケット。武道館公演の時の。蚤(のみ)の市で偶然破格で見つけたんだ。一応プロの人に鑑定してもらったけど、間違いなく本物だってさ』

瞬時に思い出す。フリーマーケットが始まる前にした、榊原さんとの会話を。

観客の声がうるさくて、その後ビートルズはコンサートをやめてしまった。日本で最初で最後の公演だった。チケットには現在プレミアがついている——

……そっか。

むすっと顔をそらして、ほとんど口さえも利いてくれないチックへと、視線を送る。

チックは、このレコードの付喪神じゃあなくて、中に入っていたチケットに宿った、付喪神だったんだ。

多分、持ち主を転々とする中で、自分の依代(よりしろ)の歴史的背景を聞き、知ったのだろう。観客がうるさい……歌を聴いてくれない……コンサートの一切をやめてしまう……何度も何度も聞かされれば、多少は性格に影響が出るのも、仕方がないことだ。だって付喪神にとって依代は、精神の器、そのものなのだから。

『残念ながら一般券じゃなくて、招待券だから、若干値は落ちるけど、それでも七、八万円は、するらしいよ』

「でも、どうして、それがここに……」

『実はさ、買ったはいいけど、しまい場所に困っちゃってさ。コンサートのチケットなら、コンサートのレコードに挟んでおけば、絶対に分からなくならないかなと思って。唯一のライブ盤だし』

なるほど。で、布教用と間違えて、僕に渡しちゃったわけか。

こほんと咳をすると、秀樹は言った。若干だが声の調子を上げて、どこか意を決した雰囲気を、醸し出しつつ——

『それ、使っちゃっていいよ』

「え？」

『八万あれば、買い取れるっしょ？　思い入れのある商品』

「いやっ、いやいやいや！　返すよ！　もらえないし！」

『間違いとはいえ、春人にあげた物だから。今さら返せなんて言えないって』

「秀樹が僕にくれたのはレコードであって、中のチケットじゃあないよね？　だったら返すのは当たり前だよ」

『いや、もうそれは、春人のだよ』

「返すよ」

『いいから使えって』

「絶対に返す」

押し問答の末に、秀樹が折れる。彼は小さく息をはくと、若干だが倦怠したような口調で、言う。

『春人は絶対に返すと譲らない。でも俺は、一度あげた物を返してもらうというのに、どうしても抵抗感がある。だったらこうしよう。そのビートルズのチケットを、担保に使うんだよ』

「担保？」

『つまり、ビートルズのチケットと、その処分されたくない品を、物々交換するんだよ。で、チケットは売らずに取っておいてもらって、将来金がたまったら、春人がそれを買い取る。そんでもって俺に戻す。これだったら、一応役に立てたってことで、俺も納得できるかな』

「なるほど。でもいいの？　正直いつになるか……」

今のところは、みやび堂以外でアルバイトはできないし、するつもりもないし。

『全然いいよ』

サムズアップをしながら、にっと白い歯を見せる、そんな秀樹のイメージが、頭の中に浮かぶ。

『極端な話、十年後とかでも、全然問題ないから。その代わりその十年間は、しっかり友だち続けてもらうけどね』

「秀樹……」

腹の底から、温かい気持ちが湧き上がる。秀樹と友だちで本当によかったと、心の底から思う。

「あ、ありがとう……本当に」

通話を終えると、僕は手に持ったチケットへと、今一度目を落とす。

半券の左側には、『THE BEATLES』と、大きな文字で書かれている。THEとBEATLESの間には、イギリスの国旗、ユニオンジャックが印刷されており、その下には、座席番号が捺印（なついん）されている。当初は白かったのだろうが、長い月日を経ているためなのか、若干だが全体的に、黄色く染まってしまっている。

これに、八万円の価値があるんだ。でも……。

サタケさんへと視線を送る。アズミノさんへも。

僕の気持ちを察したのだろう。鼻から息をはいたイマリが、先を促すように言う。

「で、どうするんじゃ？」

　口をつぐむと、僕は頷く。

「桐タンスは八万円、狸の置物は七万円、どちらか選ばねばならんぞ」

「よ、洋蔵さんに頼み込んで、両方とも……」

　ばしっと、後頭部を叩かれる。いつにも増して力強い、狼パンチで。

「分かっておるのか？　ただでさえ無茶なお願いをしようとしておるのじゃぞ。それにじゃ、今回のようなことは、今後いくらでも起こり得るぞ。春人はそのたびごとに、骨董品やら古道具やらを買い取るというのか？　そんなことをしておっては、いくら金があっても足らんし、あの狭っ苦しい部屋が、もっともっと狭くなってしまうわ」

　イマリの言う通りだ。でも……でも………。

　ぽつりぽつりと、雨が降り始める。一羽の鳥が、空の低い位置を、東へと向かい、ものすごいスピードで飛んでゆく。焦るように、不穏な空気を、避けるように。

「は、春人氏」

　沈黙を破り、一歩前に出たのが、小さく体を震わせた、アズミノさんだった。

「おいらがいくよ。だからサタケ氏を、助けてあげて」

「え、でも……」

「前にも言ったけど、おいらただの置物だから、たいして人の役に立てないんだ。事実今も、その使命を見つけられないでいるし……。それに比べてサタケ氏は、今までたくさん役に立ってきた。そしてこれからもどんどん役に立って、人を幸せにしてゆく。サタケ氏には、それができるんだよ」

一旦言葉を切ると、アズミノさんはサタケさんへと顔を向ける。そしてうっすらと笑みを浮かべると、声の調子を上げて言う。

「おいら、見たいんだ。サタケ氏が、もっと活躍するところを。だからおいらはここで身を引くよ。その願いを、叶（かな）えるために」

「アズミノさん……」

僕はサタケさんへと視線を送る。目が合うとサタケさんは、二歩前に踏み出して、アズミノさんよりも前に出る。

「決まりっすね」

「……うん」

「自分がいくっす」

「サタケ氏！」

真っ先に反応したのが、アズミノさんだ。

アズミノさんはサタケさんの前に出て向かい合うと、両手を肩にのせて、まるでサタケさんの意思を振り払うように、大きく首を横に振る。

「だからおいらがいくって！　サタケ氏は、今まで通り、人の役に立って……」

「そこなんすよ」

遮るようにして、サタケさんが言う。

「自分は今まで、人の役に立ってきたんすよ。それはもう十分すぎるぐらいに。人も物も、使命を終えたら、入れ替わっていかないといけない。古い物は廃れて、新しい物が持ち上がってくる。それが、この世の中のルールっすから」

「いや……でも……その……」

「それに、アズミノさん言ったじゃないっすか。『人の役に立ちたい、人を幸せにしたい』って。自分はもう十分に果たしたっすよ。次はアズミノさん……きみの番っす」

涙が滴った。アズミノさんの、無言の涙が。

サタケさんの顔を見るのが辛いのか、アズミノさんはその場で大きくうなだれると、手で顔を覆う。

「今度こそ、決まりじゃな」

目を閉じたままで、空を仰ぐイマリ。

その言葉はまるで、事の幕引きを、宣言するようだった。

「助けるのはアズミノ。助けられんのはサタケ。狸の置物は春人が引き取る。以上じゃ」

頷くとサタケさんは、アズミノさんの手を優しく振り払い、僕へと歩み寄る。

僕はサタケさんに目線を合わせるために、その場にしゃがむと、しっかりと目をのぞき込む。

「春人さん、この二日間、本当にありがとうございました。自分たちなんかのために、色々と頑張ってくれて。正直、嬉しかったっす」

小さく首を横に振り、僕は応える。

「アズミノさんのこと、どうかよろしくお願いします。あいつ……本当に本当に、いいやつなんで」

もちろん、と心の中で言う。口にしようと思ったが、色んな思いが溢れてきてしまい、上手くできない。でも、サタケさんには、通じているようだ。

「それじゃあこれで、さよならっす」

さようなら。

「生まれ変わったら、またどこかで」

きっと……またどこかで。

僕とサタケさんはハグをした。

サタケさんの身体は……小さく震えていた。

雨の音が、耳元に寂しく響いた。

＊

翌日は、昨日の雨がまるで嘘だったかのように、晴れ渡った。ベランダの窓を開けると、土の匂いを含んだ瑞々しい空気が、夏の風にのり、部屋の中へと流れ込んできた。屋根の縁に設けられた雨どいからは、ぽたぽたと雨水が滴っている。所々にある水溜りには、空の青が映り込んでおり、注意して視線を送ると、風に流れる雲の様子も、見ることができる。

「狸の置物だけど、とある児童養護施設に、送ることになったから」

ポリエチレンの緩衝材を手に持ち、狸の置物をどうやって梱包しようかと首をひねりながら、僕は呟くようにして言う。

緩衝材も発送用の大きな段ボール箱も、みやび堂から無償でいただいてきた物だ。みやび堂の倉庫には、商売柄、これらの備品が、有り余るほどにストックされている。

「電話をしたら、是非とも送ってくれってことだから。ここは狭いし、ずっとは置いておけないからね」

「児童養護施設って？」

当の本人であるアズミノさんが、不安の色を、その顔に浮かべる。

「ようは、親のいない子供だったり、なんらかの理由で親と暮らせない子供だったりが、皆で住んでいるところだよ」

「そこへ、おいらが……」

「ふっ、ちょうどよいではないか」

　ベッドの上でごろごろとしていたイマリが、手すりに手と首をのせて、僕たちの方を見る。

「子供なら、おぬしの依代を見て、面白がってくれるじゃろ。げらげらと笑いながらのう」

「うん。そうなってくれると、おいら嬉しいな」

「おぬし……わしの言葉を、そういう風に受け取るのじゃな。なんというか、めでたいやつじゃ」

　かすかにほほえむと、アズミノさんはその場に伏して、身体を楽にする。その様は、まるで最後のひと時を、じっくりと味わっているみたいだ。

　部屋のチャイムが鳴らされたのは、狸の置物の梱包のために、あれやこれやと試行錯誤を繰り返している、そんな時だった。

　とっさに時計へと目をやると、時刻は十二時を少し回ったところだった。荷物の収集の依頼は十三時だ。まだなにも準備ができていない。まさかと思いドアを開けると、そこには下の階に引っ越してきたばかりの、秀樹の姿があった。

手には、ビールとつまみの入った、ビニール袋を持っている。缶に、玉のような汗が浮かんでいることからも、相当に冷えているのは、想像にたやすい。

部屋に上がり、ローテーブルにどさっとビニール袋を置くと、秀樹が快活に言う。

「夏だし、真っ昼間から一杯やろうぜ」

「いや、僕らまだ十代だし」

「ああそっか。春人はまだ十代か」

「ん？　それってどういう意味？」

秀樹は両手を床についてもたれると、どこまでも爽やかな笑みを浮かべる。そして親指で自分自身を示すと、なんでもないような口調で、打ち明ける。

「俺はもう二十歳だよ。去年一年浪人したからさ」

「え!?　そうだったの？　でもなんで……」

「大学生なら、別に珍しくもないっしょ。ちなみにこれを言ったのは——春人、お前だけ」

「……そう、なんだ」

ぷしゅっと、小気味よい音を立てて缶を開けると、秀樹がぐびぐびと、喉を鳴らしてビールを飲み始める。それから何気なく部屋を見回すと、狸の置物に目をとめて、膝を引きずるようにして近づく。

「信楽焼の狸じゃん！　どうしたのこれ？」

「実はこれなんだよ。ビートルズのチケットを担保にして、引き取ったやつ」

「じゃあこれが、どうしても処分されたくなかった品？」

頷いて答える。すると秀樹はにかっと笑い、手を差し出して、握手を求めてくる。なんだかよく分からなかったが、とりあえず手を取ると、僕は首を傾げながら聞く。

「狸の置物、好きなの？」

「好きっていうか、地元の名産だから」

「地元の名産？　ええと、じゃあ……」

僕の言葉を引き継ぐようにして、秀樹が言う。

「滋賀県。だからってわけじゃないけど、狸の置物については、ちょっと詳しいよ。例えば、信楽焼の狸の置物が全国的に有名になったのは、昭和天皇行幸の際に、沿道にずらっと並べられた狸の置物が報道されたからとか、あとは……えーと、なんだっけ？」

ポケットからスマホを出すと、秀樹がおもむろにいじり始める。その間にもちびちびと、二口ほど、ビールに口をつける。

「そうそう、『八相縁起』だ」

「八相縁起？」

「まあ言うなれば、狸の置物の存在意義、みたいなもんだよね」

存在意義？　それって——

「詳しく聞かせて！」

大きな声を出すと、僕はぐっと身を乗り出して、秀樹に顔を近づける。しかし思いのほか近づきすぎてしまったので、僕はすぐに離れると、気まずいなあと思いつつ、目を自分の足元に落とす。

「お、おう。いいか？」

「うん。……お願い」

秀樹はスマホに視線を戻すと、一つひとつ並べ立て始める。

「狸のかぶっている笠は厄除け、笑顔は愛想、大きな目は気配りと判断、大きなお腹は冷静さと大胆さ、徳利は人徳、通い帳は信用、金袋は金運、そして太い尻尾はけじめ。まあつまり、狸の置物は、縁起物ってことだよ。人々のそばに寄り添い、生活を見守る、幸せを願う、それが狸の置物の存在意義」

「……おいらの、存在意義」

立ち上がったアズミノさんが、誰にともなく呟く。窓から差し込んだ日の光が、瞳にきらりと反射する。僕はそんなアズミノさんの様子を、秀樹に顔を向けたままで、目だけで見る。

「それが、おいらの役目……おいらの使命……」

ゆっくりと窓際へと歩み寄ると、アズミノさんは外に広がる光に満ちた世界へと、顔を向ける。

道を行き交う人々、車。遠くには、高層ビル群がはっきりと見える。どこからともなく、列車の警笛の音が響いてくる。夏休みだからだろうか。プールの袋を持った子供たちが、きゃっきゃと明るい声をあげながら、駆け抜けてゆく。セミの声、風鈴の音色、扇風機の音——ここは現在、夏の中心だった。

「それでは、よろしくお願いします」

児童養護施設の住所を書いた発送伝票を渡すと、宅配便の集荷の人は、専用の機械を使い、処理を始めた。

足元にはしっかりと梱包したアズミノさんの宿り先、狸の置物が置かれている。道路脇にはそんな彼を運ぶ、配送のトラックが停車している。

「春人氏、お別れだね」

別れじゃないよ。それに、そこまで遠いところじゃないから、会おうと思えば、いつだって会いにいけるし。

目を閉じて、何度か首を縦に振ると、アズミノさんは僕の足元に近寄り、まるで慈しむように、すりすりと顔をこすりつける。そして一歩二歩とあとずさると、笑顔で僕を見上げて、手で二度、自分のひげをなでる。

「春人氏のおかげで、おいらは今もこうしてここにいる。そしてなにより、使命に気づくことができた」

うん。

「向こうに着いたら、おいら全力で守るから。子供たちを、全力で守るから」

頼むよ。

「おいらに居場所を、役目を、そして答えを与えてくれて、本当にありがとう」

——目の前に、光が満ちた。黄みがかった、薄い緑色の光が。

神心の光だと、僕はすぐに気づいた。

光は、近くの光と結びついて、まるで中空に漂う砂のような、微細な物質となった。そしてゆっくりと、ちょうどアズミノさんの頭の上辺りに集まると、一つの輝く玉となった。きれいだった。どこまでも美しかった。生命力に溢(あふ)れており、淡いのに、なぜか夏の太陽に負けないぐらいの、眩(まばゆ)い光を放っていた。

集荷の人は、僕に伝票の控えを渡すと、「確かに承りました」と言い、抱えるようにして、狸の置物を荷台へと積み込んだ。

集荷の人に続いて、アズミノさんも車内へと向かう。乗り込む前に、アズミノさんが一度だけこちらへと顔を向ける。僕はそんな彼へと向かい、小さく手を振って、最後の別れの挨拶とする。本当は大きく手を振って、大声でさよならと言いたかったが、やめておいた。人の目があるからとかではない。ただ単に別れが惜しくなると、そう思ったから。

トラックが走り出して、姿が見えなくなったところで、肩の上にのっていたイマリが、地面へと飛び下りる。そして神心へと近づくと、目を閉じて鼻先を近づけてから、すうっと息を吸うようにして、神心を自分の身体へと引き入れる。

イマリの体が、神心の輝きと同様に、黄緑色に染まる。と同時に、わずかだが全身の毛が逆立ったが、それも束の間、すぐに落ち着いて、まるで神心がイマリの身体に馴染むように、その黄緑色の光も、ゆっくりとゆっくりと消えてゆく。

もういいかな……そう思ったところで、僕は口を開く。トラックが走り去った方へ、アズミノさんが向かう方へと、顔を向けたままで。

「イマリ、SNSのアカウントを貸してくれて、ありがとね」

「ふん。別に礼などよいわ。全ては神心のため……全ては甘い菓子のためじゃからな」

ええと……それって一体どっちのためなんだろう？　うん、多分どっちもだ。

「おかげで、狸の置物を引き取りたいって人を、見つけることができたよ。アズミノさんにはわるいけど、あの大きな置物を、いつまでも部屋に置いておくわけにはいかなかったしね」

「じゃが、どうして児童養護施設への寄付にしたんじゃ？　他に何人か手をあげた者もおったであろうに。やはり慈善活動か？　社会奉仕か？」

慈善活動？　社会奉仕？　……それは違う。多分、僕について、僕自身について、色々と思うところがあったから。

それに、今回の場合、最も重要なのは、アズミノさんの気持ち、心……。アズミノさんの心が平安なら、きっと僕の心も平安になれると、そう思ったから。

「理由は……あるよ」

「ほう。して、その理由とは？」

「気づかなかった？」

僕は、イマリへと、今しがた集荷の人から受け取った、伝票の控えを差し出す。

イマリは僕の腕に手をのせる格好で立ち上がると、伝票の控えへと目を落とす。

「なるほどのう。そういうことか」

届け先の氏名の欄には、次のようにあった。

【児童養護施設　ユウキ園　森園勇気（もりぞのゆうき）様】

「狸の置物の裏に、小さく名前が彫ってあったよね？　『ユウキ』って。ＳＮＳで募集をかけた時に、名入れありってことで、その画像も一緒にアップしたから、もしかしたらと思ってさ」

「本人と、確認したのか？」

僕は首を横に振って答える。

「わしが、スマホを駆使して、やってやろうか？　なんてことはない。特定厨というやつじゃわい」

イマリが悪い顔をしている……。というか、以前にも増して、スマホの精通具合が半端ない⁉　どうやったのかSNSのフォロワーだって、まだ始めてからそんなにたっていないはずなのに、結構な数になっていたし。

「いやいいよ。それに」

空を仰いで、真っ白な雲を見る。それから深く、ゆっくりと息を吸い、肺の中に、瑞々しい夏の空気を、いっぱいに入れる。

「それは、アズミノさん本人が、まずは確認するべきことだと思うから。僕たちは、また今度会った時に、話を聞けばいいよ」

「ふんっ。人間というやつは、本当によく分からんのう。はっきりできるのならば、はっきりさせればいいではないか。まあ、そういうところが、不完全というか、人間のいいところでは、あるのやもしれぬがな」

「それよりも……」

僕はちらりとイマリへと目を落としてから、まるで逃げるように、手に持った伝票の控えへと視線を移す。

「なんじゃ？」

「ええと……その、もしかしてイマリって、知っていたの？」

「知っていた？　なにをじゃ？」

「だから、僕のおじいちゃんのこと。洋蔵さんと僕のおじいちゃんは友だちで、長い付き合いだったみたいだから」

ふんと鼻から息をはくと、イマリはかったるそうに目を伏せて、軽く首をひねる。

「さあ、どうだったかのう。些末な人の子のことなど、いちいち覚えておらぬからな」

「そう……なんだ」

イマリの返事に僕は、若干だが安堵の気持ちを抱く。聞こうか聞くまいか、本当のところ迷っていたから。言わない、話さない、その裏に、一体どんな思いが隠されているのか、それを知ることに対して、自分の中に恐れというか、気後れみたいなものが、わずかではあるが、確かにあったから。

部屋に戻ろうと、踵を返したところで、イマリが不意に、僕の背中へと声をかける。

「寂しいのか？」

「え？」

「サタケは消え、チックもアズミノも、部屋からいなくなってしまったからのう」

寂しい？　どうなのだろう。……うん、多分寂しいんだ、僕は。

「安心せい。わしはいなくなったりはせんぞ」

とっさに僕は、イマリへと顔を向ける。

僕と目が合うとイマリは、すっと顔をそらす。

「なんといっても春人は、わしの従者じゃからな。春人はわしを敬い、いつまでもわしのために尽くす。当然すぎて、今さら口にするのもばかばかしいわい」

「そうだね。なんといっても僕は、イマリの従者だから」

「それでよい」

気高く鼻を鳴らすと、イマリが再び僕の肩に飛びのる。

僕はそんなイマリを横目に見ると、部屋へと向かい歩き出す。

肩に感じる重みが、なんだかやたらに尊かった。

第三章　交差点に立つ少女と寄り添う付喪神

「一体全体どうなっておるのじゃ⁉」

だらりと、僕の肩にのるイマリが、倦怠感を漂わせながら、声を荒らげる。

「ええと、なにが？」

「時は九月……旧暦で言えば、もうすでに、秋も終盤のはずであろうて！　なのになんじゃこれは⁉　どうしてこんなにも暑いのじゃ！」

「いや、九月はまだ、どちらかといえば夏だし」

それよりも……。

顔の前に手をやると、僕は指の隙間から太陽を垣間見る。

大学が十月からで、本当によかった。講義室にクーラーがあるとはいえ、やっぱり通学はきついからな。

九月も半ばに差しかかり、気温の高さも、八月の最盛期と比べたら、幾分かましになった。とはいえ、太陽が昇り、昼になれば、やっぱり暑さは厳しくて、そんな時にクーラーの匂いを嗅いだならば、ああ……やっぱり秋は、もう少し先なんだな……と、しみじみと思わされるのだった。

みやび堂の前に到着すると、僕はそこで、あれ？　と思う。開店前には必ずしてある打ち水が、今日は行われていないのだ。

週末はいつも、桜さんがしてくれているはずだが、今日は忘れたのだろうか。それとも気温の高さに、もうすでに乾いてしまったとか？

とにかく中に入ろうと足を踏み出した次の瞬間、暖簾の向こうから飛び出してきた誰かと、肩をぶつける。

「――あっ、すみません」

とっさに謝り顔を向けると、そこには桜さんの姿がある。興奮したように息を荒らげて、目を真っ赤にした、桜さんの姿が。

……え？

突然のことに言葉が続かない。

僕と桜さんはただ黙って、お互いを見つめ続ける。

ほどなくして、桜さんは僕に背を向けると、そのままどこかへと走り去ってしまう。

一体、なんだったんだ……？

店内には誰もいなかった。今しがた飛び出していったので、桜さんがいないのは当たり前だが、洋蔵さんまでもがいないのは、ちょっとおかしい。

僕はレジの奥の、いつも休憩に使わせてもらっている居間へとゆくと、そこに荷物を置き、誰かいないかを見回してから、耳を澄ましてみる。

「春人、奥じゃ」

イマリが鼻でくいくいと示してから、口を開く。

「座敷の方に、洋蔵がおるぞ」

「分かるの？」

「気配を感じるからのう」

座敷への戸を開けると、そこには本当に、洋蔵さんの姿があった。

十畳ほどの広さの、中庭に面した日当たりのいい座敷。造りは一般的で、押入れがあり、欄間があり、床の間があり。中央には黒塗りの、ずっしりとした座卓が置かれており、それを挟むようにして、二枚の座布団が敷かれている。

座布団の一方には、難しい顔をした洋蔵さんが座っている。もう一方には、誰もいない。誰もいないが、座った形跡が残っていることから、つい先ほどまでは、桜さんがそこに座っていたのだろうと、想像することはできる。

「洋蔵さん、おはようございます」

挨拶をすると、僕は畳の縁を踏まないようにしつつ、座敷へと足を踏み入れる。

「ええと……なんというか……店先で、桜さんに会ったんですが……」

「春人くん、おはよう。いや、ちょっとね……」

洋蔵さんが、着物の袖に手を入れて、困ったように目を落とす。どうやら話すべきか迷っているみたいだ。

家族のことっぽいし、あまり踏み込まない方がいいのか？　……うん。そうだよな。家族の問題って、すごくセンシティブなことだと思うし、僕だったら、多分踏み込んでほしくないと思うから、こういう時はそっとしておいた方がいいよな。うん。

そんな僕の、どこまでも自己完結的であり、どこまでも希望的観測の考えを読んだのか、イマリがぱこーんと、僕の後頭部を叩きながら、言う。

「なにをしておるか!?　さっさと洋蔵から話を聞いてやらんか！　一体おぬしは、洋蔵たちに、どれだけお世話になっとると思っとるんじゃ!?　ここで知らんぷりをするなど、恩を仇で返すのと、なんら変わりないわい！」

声が大きかったし、勢いがあったし、なによりも正論だったので、僕はあっさりとイマリに納得させせられてしまう。

「……あの、よければ、聞かせてもらってもいいですか。桜さん……心配ですし」

「いや、別にそんなにたいしたことじゃあないんだよ」

言いつつ、洋蔵さんが口元に笑みを浮かべる。しかし同時に、困ったような顔をしていることから、取り繕おうとしているのは、誰の目にも明らかだ。

「ただ、進路の話をしていただけだからね」

進路？　……当然、桜さんのだよな。

どうしようかと思ったが、つい今しがたのイマリの激昂もあり、もう少しだけ、聞いてみることにする。

「大学……とかじゃ、ないんですか？」

首を横に振ってから、洋蔵さんが座卓の下に手をやる。そしてなにかをつかむと、そっと座卓の隅に、音もなく慎重にのせる。

「ええと、それは一体……？」

聞きつつ、僕は目を落とす。

縦の長さが四十センチほどの、長方形の茶色い箱。箱はしっかりとした和風の厚紙でできており、中央付近に銀の箔押しで文字が入れられている。おそらくは工房の名前かなにかだろう。

「料理包丁だよ。『百々瀬刃物』と、達者な筆づかいで書かれている。

これを渡そうと思ったんだけどね、やっぱり受け取ってくれなかったよ」

料理包丁と聞き、台所に立つ、桜さんの姿が思い浮かぶ。

「ということは、プロの料理人に？」

「桜本人は、この店、【古道具みやび堂】を、継ぐと言っているんだ。もちろんそれはとてもありがたいことなんだよ。跡継ぎがいなくて、やむなく廃業なんて店は、このご時世、ごまんとあるからね。……でもねえ……」

目を伏せると、洋蔵さんが肩を落としつつ、ため息をつく。

「それが本当に、桜にとってやりたいことだったなら……の話だよね」

え？　それって……どういう……。

聞こうか聞くまいかと迷っているうちに、洋蔵さんが立ち上がる。

洋蔵さんにならい、僕もすぐに立ち上がるが、洋蔵さんは僕へと手をのばすと、小さく首を横に振り、そんな僕をとめる。

「いいからいいから。まだ定時までには時間があるから、春人くんはここで、休んでてもらっても構わないよ」

「しかし……でも」

「今から私は、桜を捜しに、ちょっとこの辺りを見てくるから。もしも十時までに戻らなかったら、その時は店番をお願いしてもいいかな？」

洋蔵さんが出ていくと、僕は開店の準備をしようと、店舗の方へと足を向ける。

定時まで休んでいていいと、洋蔵さんは言ってくれたが、そういうわけにはいかない。

仕事なんて、探せばいくらでもあるのだ。お世話になっているのだから、しっかりと誠意を示さないと。

「おい、春人」

イマリが僕を呼びとめる。

どうせ働きたくないから、引きとめようとしているのだろう、と思った僕は、無視をして、そのまま襖の取っ手に手をかける。

「聞いておるのか春人！　こやつを見てみよ！」

イマリの、尋常ではない剣幕に、反射的に僕は、イマリの方へと顔を向ける。

——え？

孔雀だ。長い金の羽を身にまとった、美しい孔雀の姿が、そこにあった。

孔雀は、座卓の下から出てくると、しなやかな身のこなしでその上に飛びのり、そのまま爪の音を立てつつ、僕の方へと歩み寄る。そして顔を上げると、どこか僕を見定めるような表情をしながら、言う。

「あら、あなた私のことが、見えるのね」

考えるまでもない。この孔雀は、付喪神だ。

「……きみは？」

「人に名前を尋ねる時は……」

言いつつ、僕から目をそらして、くちばしでゆっくりと羽づくろいを始める。それらの動きがやたらに優雅に映ったのは、その長い金の羽が、まるで黄昏(たそがれ)に染まるすすき野原のように、クーラーの風になびいていたからなのかもしれない。

「まずは自分から名乗るのが、礼儀よね？」

「けっ、面倒くさいやつじゃのう」

　イマリがぼそりと呟(つぶや)く。

　軽蔑するような眼差(まなざ)しで、孔雀の付喪神がイマリを睨(にら)む。

「ごめん。僕は山川(やまかわ)春人。で、こっちの狼(おおかみ)がイマリ」

「私はオウカよ。よろしく」

「して」

　座布団から座卓の上に飛びのると、イマリがオウカへと近寄る。どこか虫の居所が悪そうな、威嚇するような顔をしながら。

「おぬしは一体なんの付喪神なんじゃ？　とんと見たことがないが、新顔か？」

「それよ」

　先ほど、洋蔵さんが座卓の上に置いた、包丁の入れられた箱を目で示す。

「ここにはかれこれ、六年ほどいるわね。ずっと戸棚の奥にしまわれていたし、この座敷以外には、ほとんどいかなかったけれども」

「包丁に宿っている、付喪神なんだ」

ということは、洋蔵さんが桜さんに渡そうとしていたその包丁は、かなりいい品ってことだよな。もしくは、誰かの強い思いがつまっているとか。……だとしたら、一体誰の思いがつまっているのだろう。洋蔵さん？　それとも元持ち主？

腕を組み、しばし黙考をする僕へと、オウカが口を開く。

「春人？　だったかしら。あなたは、一体なんなの？　話を聞く限りでは、ここの従業員って感じだけれども」

「あ、うん。七月からここで働かせてもらっている、アルバイト」

「そう……」

オウカは右の羽をくちばしに当てると、ぼそぼそと独り言を呟く。「家族じゃない……歳も近い……しかも私たち付喪神のことを見ることができる……だったら……」。そして、右の羽をくちばしに当てたままで、一度僕を目だけで見ると、なにかを決めたようにすっと顔を上げて、その場に居住まいを正す。

「聞く耳、見える目を持つ、そんなあなたにお願いがあるの」

「お願い？」

「私の宿り先であるその包丁を、桜に渡してほしいの」

「包丁を渡す？　桜さんに？　……でも確か、洋蔵さんが渡そうとしたら、受け取ってくれなかったって」

「そう。だから正確には、桜が包丁を受け取るように、なんとかしてほしい、っていうのが、私の願いかしら」

「桜である理由が、なにかあるのか？　自分を使ってほしいだけなら、別に他の誰かでもよかろうて」

イマリが身を乗り出す。『願い』と聞き、俄然興味が湧いたのだろう。あわよくば、交渉にもってゆき、神心をいただこうという、そういう筋書きに違いない。……まあそれは、なにを隠そうこの僕にとっても、望む展開ではあるんだけど。

「それかなにか？　包丁がゆえに、料理の才能のある小娘に惹かれたとか、そんな感じか？」

「もちろん、それもなくはないわ。あの子、事実料理の才能があるのだから。でも、一番の理由は、私を生み出してくれた元持ち主、奈美の遺志を尊重したいという思いよ」

「奈美さん？」

「洋蔵の娘じゃ。ようは桜の母じゃな」

オウカの代わりに、イマリが僕の質問に答える。

「そうか、おぬし、桜の母が、元持ち主じゃったか」

「桜さんのご両親って、確か……」

約一ヶ月半前に、みやび堂に初めてアルバイトにきた時のことを、僕は思い出す。

あの時イマリは、桜さんの過去について、わずかだが触れた。事故で、早くに両親を失ったと。それから桜さんは、洋蔵さんのところで育てられたと。

「して、その奈美の遺志とやらは、一体なんなのじゃ？　願いを聞くかどうかは、詳しく話を聞いてからじゃな」

「そうね……初めから話した方がよさそうね。ちょっと長くなるけれども、いいかしら？」

僕は、反射的にスマホで時間を確認する。

時刻は九時三十分。開店が十時なので、まだ少々時間には余裕がある。本当は開店前に、店内の掃き掃除とか、商品の陳列とか、そういった雑務をするつもりではあったが……申し訳ないけど今回は、オウカの話を聞くことに専念させてもらおう。

沈黙を諾と捉えたのか、目を伏して頷くと、オウカがおもむろに話し始める。

「あれは六年ほど前になるわ。奈美の店が、世間からは遅れた盆休みってことで、旦那、桜と三人で、洋蔵のところにやってきたの。あ、ちなみに奈美の店っていうのは、和食の料理屋のことで、奈美はそこの店主だった。店は、自宅も兼ねていたわ」

だからか。桜さんの料理が上手いのは。多分、小さな頃から、近くでお母さんを見て、教えてもらったりしていたんだろう。

「当然、私も同行したわ。あの日奈美は、洋蔵に、自分の料理を振る舞うつもりだったたか

ら。料理人の相棒であり、右腕であり、一部であるこの私が、いないなんてあり得ない

……それは分かるわよね？」

誰にともなく聞いてから、オウカは一度言葉を切り、包丁の入れられた箱へと目を落とす。そして箱を通して、包丁を通して、過去を見るように、じっと見つめながら、続きを口にし始める。

「食材を買いに出かけたのは、昼過ぎだった。娘である桜を洋蔵に任せて、奈美は旦那と二人で出かけていった。自分の父に、プロになった自分の腕で、料理を振る舞う……きっとそれは、とても幸せなことなんでしょうね。奈美は、店で客に料理を出す時よりも、はりきっていたと思うわ。少しでもいい食材を揃えようと意気込んで、どこか遠くの市場まで買い出しにいくとか、そんな感じだったし」

きっと……いいお母さんだったんだろうな。きっと、いい家族だったんだ。

オウカの話に、僕はふと、幼い頃の自分のことを思い出す。おじいちゃんとも、両親とも、まだ仲のよかった、随分と昔の自分のことを。

「それで、その日の夜は、奈美さんの手料理を、皆で食べたと」

「いえ……」

「食べなかったの？」

沈黙。居心地の悪い沈黙。

やれやれというイマリのため息だけが、この場に聞こえる。

……ま、まさか。

「帰ってこなかったのよ。夕方になっても、夜になっても。身元が特定できないほどに酷(ひど)い事故だったんでしょうね。事実訃報を知らせる電話が鳴ったのは、夜中近くだったと記憶しているわ」

「すみません、僕……」

「別にいいわよ」

気まずい空気が、この場を包み込む。外からは、なにも聞こえてこない。人の声も、車の走る音も。

室温の調整のためにとまっていただろうエアコンが、かちっという音と共に、再び動き始めたのは、ちょうどその時だ。その音を皮切りにして、オウカがようやく、話の核心部分に触れ始める。

「奈美は、死んでしまった。奈美の命は、消えてしまった。でもそれは仕方がないことよね？　仕方がないといったら冷たく聞こえるかもしれないけれども、人間はいつか死んで、消えてしまうから、精霊たる私たちは、それを静観して、見続けるしかない。……ただ、桜については、ちょっと私、気になったの」

気になった？　と、僕は首を傾(かし)げて聞く。

「あの子、あの日から、一切言わなくなったの。プロの料理人になりたいって。それまでは、ことあるごとに、お母さんみたいな料理人になるって、息巻いていたのに」

……やっぱりか。桜さんは、少なくとも以前は、本気でプロの料理人になりたいと、そう思っていた。洋蔵さんは、桜さんのその言葉を聞いていたからこそ、みやび堂を継ぐのではなくて、料理人……ようは自分のやりたいことに正直になってほしいと、そう言い続けているんだ。

ふんと鼻を鳴らすと、目を閉じたイマリが、手で頭をがしがしするというような、どこか投げやりな態度を取る。

「あくまでもそれは、『以前は』かもしれぬぞ。今この時は、真実心から、別にプロの料理人になりたいという大志は、ないかもしれぬ。しょせんは人の子。気持ち――否、本心に至っても、ふらふらと心変わりをする、それが儚くも弱い、人間であろうて」

「それならそれでいいのよ」

小さく息をはくと、オウカは軽快に畳に下りて、床の間の横にある、両開きの襖の前に移動する。

今の今まで気にもとめなかったが、オウカのその行動、様子から、襖の向こうには、おそらくは仏壇があるのだと、僕は察する。

「奈美はね、娘の桜のことを、本当に愛していたの。本当に本当に、心の底から愛していたの。桜が本当の意味で幸せになる——それは奈美の遺志よ。もしも自分の死が、桜の本心を覆ってしまい、不本意な人生を送ることに導いてしまったのなら、それは奈美にとっては、悲劇以外の何物でもないわ」

「回りくどいのう」

痺(しび)れを切らしたのか、イマリがぼやく。

「奈美の遺志と桜が包丁を受け取ること、そこに一体どういう関係があるというんじゃ？」

「今回でちょうど三十回目」

肩越しに、オウカがイマリへと鋭い視線を向ける。

「洋蔵が桜に包丁を渡そうとした回数よ。だけれども、桜は絶対に受け取らない。さらに言えば、包丁から視線をそらして、見ることさえも拒んでいるようだった」

くるりと、包丁の入った箱を振り返ると、オウカは瞬(まばた)きのない眼差しで見つめてから、僕へと視線を転ずる。

「……私思うの。それはよくないことだって。それはなにかよくない理由が背後にあるがための行動だって」

よくないこと？　……つまり、桜さんにとって包丁が、鎖になっているというか、なにかのネックになっているというか、そんな感じか？

「桜が包丁を受け取るというのは、彼女にとって、おそらくはなんらかの分岐点になるわ。母と向き合い、自分自身と向き合い、なにかに区切りをつけて、ようやく踏み出す、そんな人生の分岐点に。その先にあるのが、たとえ料理人ではない、他の道だって構わない。大切なのは、桜が本心で生きること。本心で生きた結果、奈美の娘である桜が、心の底から納得できる、そんな幸せな人生を送ること。だからこそ、奈美の遺志を叶えるためにも、桜の背中を押してほしいの」

「その一助……というか、決定打になるのが、桜が奈美の遺品である包丁を受け取ること、というわけか」

話をまとめると、イマリがくいくいと、手で僕を招く。

僕は近寄り、イマリのそばに腰を下ろすと、そっと耳を近づける。

「どうする？　オウカの頼み、受けるか？」

「うん。そのつもりだけど」

「じゃがこれは、少々骨が折れるぞ」

骨が折れる？

「オウカの言う頼みの本質はこうじゃ。桜が包丁を受け取らない理由を紐解き、あまつさえその心の問題を解決してくれ。……まるで雲をつかむような問題じゃわい」

イマリの言う通りだ。桜さんが包丁を受け取るというのは、桜さんの心の問題を解決したその先、あくまでも結果にすぎない。

　でも、だからこそ……心の問題なら、なおさら……。

　僕の決意を感じ取ったのか、イマリはふんと鼻を鳴らすと、今度はオウカへと近寄り、重々しい口調で、問いかける。

「オウカよ、おぬしの願い、聞き届けてやらんでもないぞ。ただし条件がある。願いが叶った暁には、おぬしの持つ神心を、一ついただく。それでいいのならば、協力してやらんでもない。どうじゃ？」

「むろんよ。それで構わないわ」

　答えると、オウカは座卓の上に飛びのり、一度そっと箱の上から包丁に触れてから、イマリに冷めた視線を送る。

「もっとも、私の命ともいえる神心の一部が、あなたみたいな無粋な付喪神の中に入るっていうのが、残念でならないけれども」

「なんじゃと!?」

「あら？　崇高であり聡明（そうめい）な付喪神なら、私みたいな格下の付喪神になにかを言われたところで、いちいち大きな声なんて出さないわよね？」

　がるる……と、一瞬牙をむき出しにしたようにも見えなくもなかったが、イマリは自分を抑えて、その後に鷹揚（おうよう）に鼻先を天井へと向ける。

「ま、まあそうじゃな。なんといってもわしは高位の付喪神じゃからな。大海のように広い心で、小童の戯れを許してやろうではないか」

開店の五分前、九時五十五分になったので、とりあえず僕は、ここで一旦話を打ち切ることにする。

店舗に出ると、僕はエプロンをつけてから、店先の看板を『準備中』から『営業中』に表示し直す。あとはお客さんがくれば対応。分からないことがあれば、自分で判断するのではなくて、なんでも洋蔵さんに報告・相談をする。とにかく、滞りなく店を回すのが、今の僕の最重要任務だ。

多分、僕がいなかった時は、なにかあるたびに、『ただいま諸事情で出かけております。戻り次第再開いたします。お急ぎのお客様はご連絡ください　090‐○○○○‐○○○○』と書いた紙を出入り口に貼って、店を閉めていたのだろう。事実レジ台の下には、何度か使い、若干だが湿気によりぱりぱりになった張り紙が、またいつでも使えるような状態で、置かれている。

レジの脇に、包丁の収められた箱を置くと、僕は椅子を引いて、腰を落ち着ける。それからなんとなく、店内へと視線を巡らせてみる。

週末の、古道具屋。表に面した窓からは、まだ新しい太陽の光が差し込み、陳列されているガラスの置物や、陶磁器類を、キラキラと照らしている。音楽を流していないので、店内はとても静かだ。もしかしたら朝食後とかに、洋蔵さんがコーヒーを飲んだのかもしれない。うっすらとではあるが芳しい香りが、まるで喫茶店のように、漂っているようにも感じられる。

僕はそんな店の空気を吸って、念の為に周りに誰もいないのをもう一度確認してから、オウカへと話しかける。

「それで、桜さんが包丁を受け取らない理由って、一体なんだと思う？　オウカは、なにか心当たりとかあったりする？」

「まずは、自分の意見を述べるべきじゃない？　人の意見を聞くのは、それから。常識よね？」

「ごめん。……確かにそうだね」

オウカの忠告に、僕は素直に反省してから、ここで初めて、桜さんの気持ちになって、考えてみる。

「僕の予想としては、やっぱり包丁を見ると、お母さんのことを思い出すからとか、そんな感じだと思う。辛い記憶だろうし、見たくない、触れたくないというのは、人として当然の反応だよ」

「まあ、そう考えるのが、一番普通よね」

どこか諦観したような言い方をするオウカ。

きっと彼女には、彼女なりの意見があるのだろうと思った僕は、先を促すように首を傾げる。

「私の考えは、それとは違うわ」

オウカは、僕から顔をそらすと、そのまま出入り口の方へと顔を向ける。

もしかしたらあの日、奈美さん夫婦が出かけていった時のことを思い出しているのかもしれない。オウカは、ドア枠により四角く切り取られた外の風景に視線を送りながら、どこか神妙な表情を浮かべる。

「私はあの日のことを……つまり、最後の日のことを、今もしっかりと覚えているわ。六年前の九月、奈美が旦那と桜をつれてみやび堂にやってきた、あの日のことを」

頷くと僕は、オウカが再び話し始めるのを、じっと待つ。

その間に出入り口の外には、一組のカップルと三台の車が、足早に通り過ぎてゆく。

「午前中は、とても穏やかな時間だったわ。居間で談笑する家族、テレビから流れてくるバラエティー番組の声……ここは下町だから、わらび餅を売る音なんかも聞こえてきて、なんていうか、本当に平穏な、家族の一場面だなといった感じで」

「わらび餅……悪くないのう」

イマリが、舌なめずりをして呟く。

聞こえなかったのか、あるいはあえて無視をしたのか、オウカはイマリに対して、特に反応を示すことなく、続ける。

「さっきも話したけれども、奈美と旦那が二人で買い出しに出かけたのは、午後になってからよ。そう、ちょうどそこの出入り口から、二人は出ていったの」

僕は出入り口へと視線を送り、その日その時の光景を思い浮かべてみる。薄暗い店内、でも外はまだまだ暑い、真夏日のような天気。きっと出かけていく奈美さん夫婦の姿は、光の中に消えてゆくような、どこか儚げな光景だったに違いない。

「桜はいってらっしゃいと、子供らしい大きな声で手を振ったわ。洋蔵は確か、車の運転には気をつけてとか、言ったかしら。とにかく私も二人にならい、出入り口まで見送りに出たの」

オウカが息をはく。小さいが、どこまでも深く感じるような、そんな息を。

「本当に、本当に、純粋な日常の一場面だったのよ。十人中十人が、いや百人中百人が、そう答えるほどに。数時間後にはただいまと言って帰ってきて、そんな彼らをおかえりと言って迎えて、皆で食卓を囲み、その後に団欒(だんらん)をする……それ以外が考えられないほどに」

「して、おぬしは一体なにが言いたいんじゃ？」

鼻から息をはき、イマリが聞く。

「ごめんなさい、少々話が長くなってしまったわね。つまり私が言いたいのは、桜は奈美が出かけていったあの日あの時で、時間がとまってしまっているのではないかということよ。そして今も、奈美が帰ってくるのを、今か今かと待っている……」

「分からんのう」

やれやれと、イマリが首を横に振る。

「奈美は実際にここにいないし、葬儀も執り行った。なにより桜はもう十五じゃ。普通に考えれば、もう二度と会えないことぐらい、理解できるじゃろ」

「イマリ、あなたは本当に、人のことを論理的にしか捉えることができないのね。『普通に考えたらこう』っていうのは、しょせんは心には至らないのよ。頭と心は別なの。しかもそれが子供の頃に刻まれた思いや傷であれば、その後一生消えることはない。慣れるか乗り越えるか、その二つしかないわ」

オウカの言い方に腹が立ったのか、イマリが「がるる」と牙をむく。

そんなイマリを、オウカがどこか残念そうな眼差しで見つめる。

「まあまあまあ。それでオウカ、桜さんが包丁を受け取らない理由っていうのは、一体なんなの」

「あなた、今の私の話を聞いても、まだ分からないの？　それとも聞いただけで、なにも考えていないのかしら？」

「ご、ごめん……」

椅子にもたれかかると、僕は腕を組んで、再度、桜さんの気持ちを考えてみる。

——本当にどこまでも日常的な日だった。奈美さんはいってきますと言った。桜さんはいってらっしゃいと言った。そして奈美さんは旦那さんと一緒に出かけていった。帰りが遅いけど、きっと今もどこかで買い物とかをしているのだろう。おかえりなさいは、二人が帰ってきてから言えばいい。

奈美さんの包丁は今もみやび堂にある。これはお母さんが帰ってきてから、夕食を作る際に使う物だ。

それを受け取るということは……それを引き継ぐということは……。

「……そうか」

口から息をもらすようにして、僕は言う。

「桜さんにとって、奈美さんの包丁を受け取るということは、お母さんがもう二度と戻らないことを、お母さんがもうこの世にいないことを、認めるということなんだ。だから受け取らない、だから感情を爆発させる」

「そういうことよ」

でも、となると、道は二つしかない。ずっと今のままか、あるいはお母さんの死を、なんとしても受けとめさせるか。どちらにしても……桜さんにとってはとても辛い選択だ。

「多分、オウカの意見が正しいと思う。実際にその場に立ち会った視点での意見だし、とても説得力がある」

「じゃあ、そういうことじゃな。オウカの意見が合っていようが間違っていようが、とりあえずは仮定としておこうぞ。でなければ、いつまでたっても行動に移せんからのう」

「……まあ、そうね」

オウカがイマリに同意を示す。

「やっぱりあなた、論理的に考えるのには強いのね。冷たくて、無機質な言葉というのは、相変わらずだけれども」

「全く……どうしておぬしはいつも一言多いんじゃ」

疲れたように、弱々しく首を左右に振ってから、イマリが僕の肩から、レジ台の上へと移動する。

僕とオウカは、そんなイマリへと顔を向けて、彼の次の発言を待つ。

「桜の心の問題は分かった。奈美の包丁を受け取ることは、母の死を認めること。ようは、母の死を受け入れたくないから、包丁を受け取らない、だ。ではどうやってその問題を解決するか。春人、なにかいい案はあるか？」

「うーん……」

椅子から立ち上がると、僕はまるで空に答えを求めるように、視線を漂わせる。そして時計回りに三周、床に円を描くように歩き回ったところで、イマリたちを振り返る。

「桜さんに直接、お母さんはもうこの世にはいないんだよ、と説得するのはなしだ。デリカシーに欠けるし、あまりにも短絡的すぎる」

「思わせぶりな行動をしておいて、出てきた答えがそれ？　肩透かしもいいところね」

がっかりしたように、オウカが肩を落とす。

「ごめん。正直手がかりがなさすぎて、なにも思い浮かばない。なにか一つでも切り口があればいいんだけど……」

「切り口があれば……ね」

確認するように、オウカが僕の言葉の一部分を復唱する。

なにか心当たりがあるのかと思った僕は、オウカへと歩み寄り、レジ台の上に手をのせて、身を乗り出す。

「もしかして、なにか心当たりがある？　あるなら教えて」

「直接答えに結びつくかは分からないけれども、それでもいい？」

「もちろん」

「あれは、奈美が事故で亡くなる、さらに一年前だったかしら。小学校の授業の一環で、未来の家族へと手紙を書くというのをやったの。日付は十一年後、児童がちょうど二十歳の成人を迎える年に、手紙を開くというものだったわ」

未来への手紙か。僕も似たようなことをやったことがある。たしか校庭のどこかにタイムカプセルを埋めて、成人式のタイミングで掘り出すみたいな。

「桜は奈美に、そして奈美は桜に手紙を書いたわ。なにを書いたのかは分からない。私が見たのは、もう書き終わって、封筒に入れられたそれらだったから。ただ一つ言えることは、二十歳という節目に向けて書かれたものだから、娘の未来について、奈美の気持ちが書かれた可能性が極めて高いだろうということよ。ちょっとフライングだけれども、今それを読めば、あるいは桜が包丁を受け取る、なんらかのきっかけになるかもしれない」

「して、その手紙は、今どこにあるのじゃ？」

割り入るようにして、イマリが聞く。

「分からないわ」

「分からんじゃと？　そんな曖昧な状態で、意気揚々とおぬしは意見したのか？」

「イマリ」

冷たいが、同時にどこか哀れむような眼差しで、オウカがイマリを見る。

「話の途中で口を挟んだのは、あなたよね？」

「ぐ……」

「最後まで話を聞く、それが最低限のマナーよね？」

「ぐぬぬ……」

ぷいと顔をそらすと、イマリは僕とオウカに背を向けて、くるりと身体を丸める。

……この二人、相性が悪いな。まあイマリと相性のいい付喪神は、もしかしたらいないのかもしれないけど。

続きを促すように手を向けると、オウカが頷いて話し始める。

「学校側は、親子間でそういうことをしましょうと提案しただけで、手紙の管理まではしていないわ。つまり手紙は、桜の家族が独自で、どこかに保管しているはずなの」

「十一年後まで保管か……」

なにげなく、僕は壁にかけられた時計を見る。十一時ちょうどをさしていた。そうしている間にもかちかちと、音を立てながら確実に、時間がゆっくりと流れてゆく。

十一年……それはとても長い時間だ。保管するとなれば、決して忘れない場所を選ぶはずだ。強く印象に残るような、そんな場所に。

「桜さんの実家って、まだある？　まだあるんなら、とにかくそこにいってみるとか？」

オウカが、小さく首を横に振る。残念さを醸し出すように。

「実家は、まだ残っているわ。でも遺品整理で、きれいさっぱり片付けてしまったから、中はからっぽのはずよ」

「遺品整理をしたということは、残しておくべき物は奈美さんのお父さん、ようは洋蔵さんが預かったってことだよね？　もしかしてこの家のどこかにあるとか？」

なにかに気づいたように、はっと息を吸うオウカ。そして立ち上がり、一歩二歩と歩を進めて、レジ台の縁に立つと、顔を上げて、奥の部屋の方へと視線を送る。

オウカにならい僕も顔を向けると、そのままの姿勢で聞く。

「もしかして、あるの？」

「あれは、葬式が終わってから数日後だったわ。出かけていた洋蔵が、なにやら大きな段ボール箱を抱えて、帰ってきたの。とても悲しそうな顔をしていたし、今思えばあれって
……」

「きっとそれだよ。で、その段ボール箱は、今どこにあるの？」

「今も同じところにあるとしたら、座敷の押入れの中よ。下の段に入れたわ」

今朝洋蔵さんと話したあそこか。仏壇の横の、あの襖――

僕は居間へと通じる戸へと手をかける。しかしすぐに気がつく。今僕は店を任されている身であると。お客さんがくるかもしれないのに、店をあけるわけにはいかない。

「まあ、そうよね」

動きをとめた僕を見てから、オウカが店内へと視線を巡らせる。

「営業中に、座敷でのうのうと、物探しをするわけにはいかないわよね」

「……ごめん。段ボール箱は、様子を見つつ、また別の機会にあらためるから」

「なにをゆうとるか」

肩に飛びのったイマリが、ぱこんと僕の後頭部へと狼パンチをくらわせる。

力を抜いてくれたのか、あるいはただ単に慣れてきただけなのか、最近は痛くもなければ、別に驚きもしなくなってきた。

「この店は基本、年中無休じゃからな。平日は洋蔵が、休日は洋蔵か桜が、必ずおるわい。今この時を逃せば、次はいつ段ボール箱の中をあらためる機会が訪れるかなんて、分かったものではないわい」

「いや……でも……」

「おぬしは桜を助けたいと思わんのか？　どうでもいいと？　ほぼ毎日といっていいほどに、夕餉（ゆうげ）のお世話になっておって？　はあ……春人がこれほどまでに薄情者だったとは……わしはがっかりじゃぞ」

そりゃあ、桜さんの役には立ちたいけど……今そんなことを言われても……。

「うるさい、うるさいうるさい……」

どこからともなく、非難の声が聞こえる。

その声があまりにも唐突だったし、あまりにも予想外だったので、思わず僕は肩をびくりとさせて、おっかなびっくり、きょろきょろと辺りを見回してしまう。

コンサートのチケットに宿る付喪神、兎（うさぎ）の姿をした、チックがいた。

チックは兎特有の脚力で、ぴょんとレジ台の上にあがると、イマリとオウカを無視して、僕へと歩み寄る。

「チック。久しぶり。どこにいたの？」

「あっち。床下の、金庫の中」

チックが、レジ台の奥にある、床下収納の蓋を示す。

先日、チケットを洋蔵さんに担保として預けたが、どうやら秘蔵として、金庫の中にしまったみたいだ。

「春人の声聞こえたから、出てきた」

「それで、一体なんの用じゃ？　わしらは今忙しいんじゃ。おぬしみたいな雑魚付喪神に構っとる暇は、これっぱかしもありゃあせん」

「…………」

無視。完全なる無視。チックは、見えない、聞こえないどころの騒ぎじゃあなくて、そもそもイマリが存在しないかのように、なんの反応も示さない。

「春人、いってきて。座敷に」

「ぐぬぬ……おぬし、なぜに春人にだけは……もういいわい！」

イマリが牙をむくが……チックは動じない。どうやら徹底的な無視は、相手の戦意を、完膚なきまでに喪失させるみたいだ。

「探し物、あるんだよね？　いってきて。探しに。ここは僕が見張るから」

「見張るって……でもお客さんがきたら」

ぴょんぴょんと、チックがレジの脇に置かれた白い押しボタン式の固定電話へと移動する。そして受話器に手をのせるようにして立ち上がると、ちらりと、その黒くて丸い目を、僕へと向ける。

「すぐに知らせる。誰かきたらワン切りする」

ああそうか。チックは高位、ようは物に触れられるから、受話器を上げて、ボタンを押して、電話をかけることができるんだ。……ところで、ワン切りってなんだろう？

「じゃあ、お願いしてもいい？　僕のスマホの番号は、山川春人で、その電話に登録されているから」

「うん。任せて。僕、頑張る」

居間へと通じる戸へと手をかけると、今度こそ僕は、なるべく音を立てないようにして開ける。

去り際に、オウカがチックへと、「助かるわ。じゃあお願いね」と言ったが、チックはイマリと同様に、オウカをも無視した。パタンと耳を閉じて、ぷいと顔をそらして。

どうやら、チックが言葉を交わしてくれるようになったのは、今のところ僕だけみたいだ。

座敷に入ると、僕は床の間の横、仏壇のさらに横にある、押入れの前に立つ。

「ここだよね？」

うしろからついてきたオウカへと、念の為に僕は聞く。

オウカが頷いたのを確認してから、襖の取っ手へと手をやるが、ここであることに気づいたので、思わず僕は手をとめる。それは、オウカの依代である包丁が、レジ台の上に置きっぱなしになっているにもかかわらず、オウカが今ここにいるという、その事実だ。

「……包丁、レジ台の上に置きっぱなしだけど、オウカはどうしてここにいるの？」

質問に答えたのは、イマリだ。

イマリは僕の肩から飛び下りると、そのまま座布団の上に丸まり、ちらりと、僕へと視線を送る。

「そういえば、言っておらんかったのう。付喪神の行動範囲について」

「行動範囲？　つまり、依代から、どれだけ離れられるかってこと？」

「うむ。まあ単純じゃ。行動範囲の広さも、その付喪神の持つ、神心の総量で決まる。低位の雑魚付喪神であれば依代から一切離れることはできんが、わしみたいに高位ともなれば、何メートルかは離れることが可能じゃ」

「そうなんだ」

ことになるけど……。

じゃあ、依代から数メートルほど離れても大丈夫なオウカは、結構位の高い付喪神って
とにもかくにも、オウカが今ここにいることに納得できたので、僕は探索の続きに、取りかかることにする。

押入れの前に片膝をついてしゃがむと、僕は取っ手に手をかけて、そっと襖を開ける。

ざっと見る限り中には、化粧箱や缶ケース、小さな段ボール箱の他に、無地の、大きな段ボール箱が入っているのが確認できる。

「それ、左にある大きな段ボール箱。多分それだと思うわ」

「了解。ちょっと下がってくれる？　引きずり出すから」

僕は、手前に置かれていた箱を、とりあえずは押入れのあいているスペースに移動させると、段ボール箱の両サイドに手をやり、床に引きずるようにして、畳の上へと出す。そして、なでるように軽く段ボール箱の埃を払い、一度ズボンで手を拭ってから、おもむろに蓋を開ける。

入っていたのは主に、上着やパンツといった衣料品、指輪や腕時計といった小物類だ。

他は、写真、学生時代に描いただろう絵、卒業アルバムと、奈美さんの成長の記録・生きた証になり得る物、といったところだろうか。

「どうじゃ？　未来への手紙はありそうか？」

「いや……ぱっと見る限りでは、見当たらない」

「アルバムの中はどう？　挟まっているとか」

オウカの言葉に僕は、写真のアルバムと卒業アルバムを取り出して、ぱらぱらとめくってみる。

「挟まっていないみたい。……どうやら、この中にはないみたいだね」

「そう。残念ね」

素っ気なく言ったが、やはり落胆はあるようだ。オウカは見るからに肩を落としている。

洋蔵さんたちがいつ帰ってくるか分からない。それに、人の収納品をあさるとかって、よく考えたらとんでもなく失礼なことをしているわけだし。……早く、片付けよう。

僕は手の甲で額の汗を拭うと、アルバムを段ボール箱の中に戻そうと、手をのばす。

「春人よ、見てみよ」

気がつけば、イマリが奈美さんの卒業アルバムを見ていた。

なにかを見つけたのかと思った僕は、アルバムをのぞき込むと、イマリに聞く。

「なにか見つけた？」

「ここじゃ。中学校時代の奈美が写っておるぞ」

左のページの上から二段目、そこに『江本奈美』という名前があった。

写真に写る女の子は、長い髪をしており、十五歳にしては、若干だが大人びて見える。

髪型というか、髪の長さが正反対なので、一見したところでは、桜さんとあまり似ていないかな？　と思ったが、一歩引いて全体を俯瞰（ふかん）してみると、やはりどこか、娘である桜さんと、共通している部分が多いなあという印象を抱く。

「桜さんは、お母さん似だったんだね」

「じゃな」

「ねえ、あなたたち」

僕とイマリの会話に口を挟むようにして、オウカが卒業アルバムのあるところを、右の羽で示しながら言う。

「ちょっとこれ、見てくれるかしら」

どれ？　と聞きながら、僕はもう一度、卒業アルバムをのぞき込む。

今度は右のページの下から二段目、面長だがどこか精悍（せいかん）さの溢（あふ）れ出る、スポーツ刈りの男の子の写真があった。鋭い目つきに引き締まった口元と、力強さとか意志の強さとか、そういった気概みたいなものが感じられる。

「……それで、この子が？」

「名前よ名前」

写真の下にある氏名へと目をやると、そこには『百々瀬亮（りょう）』とあった。名前の方は『りょう』と読めるが、苗字（みょうじ）の方が読めない。それぐらいになかなかお目にかかれない苗字だ。

いや、それよりもこの漢字の並び、つい先ほど、どこかで見たような……。

「そうか。これってオウカの包丁の箱にあった、あの工房の名前」

「『ももせ』よ。百々瀬書いて、『ももせ』と読むの」

「ということはもしかして、この男の子が工房を継いだか、新しく創ったかしたってこと？　それで奈美さんが同級生のよしみかなにかで、オーダーメイドで包丁を作ってもらったとか」

「私に聞かれても分からないわ。私が生まれたのは、工房ができたあとであり、依代である包丁が作られたあとであり、奈美が随分と、使い込んだあとだったのだから」

「まあ、偶然じゃろ」

目を細めたイマリが、気だるそうに首をひねる。

「イマリ、あなたは本当に生産性のないことしか言わないのね」

「どうじゃ？　上に立つ者っぽいじゃろ？」

険悪な空気になりそうだったので、僕は話を元のレールに戻すためにも、すぐに自分の意見を述べる。

「でも可能性は高いんじゃない？　こんな苗字そんなにあるものじゃあないし、なにより も同じ中学校の同じクラス。もし仲がよかったのならば、その後に連絡を取り合い、お互いの近況報告をしていてもおかしくはないし」

「じゃあ連絡を取ってみる？　奈美について、そしてその娘について、なにか話を聞いているかもしれないし」

「そうだね。ええと、連絡先は……」

『百々瀬刃物』で検索をすれば出てくるだろうと思った僕は、ズボンのポケットからスマホを取り出すと、画面をつけて、ロックを解除する。するとそこには、すでに百々瀬刃物のホームページが表示されていた。おそらくは、いや間違いなくイマリが先回りをしてやってくれたのだ。口でああは言いつつも、行動については協力的だ。こういうのを天邪鬼(あまのじゃく)とでもいうのだろうか。

「ええと……電話番号は……問い合わせは……って、え？」

電話がかかってきた。どこからって、今僕たちのいる、この場所、【古道具みやび堂】から。しかし電話は、僕が応答する間もなく、ぷつりと切断されてしまう。

もしかして、これがワン切り!?　ということは、つまり——

「春人！　チックからの合図じゃ！　すぐに戻れ！」

イマリが若干だが声を荒らげる。

やばい！　いかなきゃ！　早く！　いかなきゃ！

焦る僕に対して、オウカが、あくまでも落ち着いた口調で、なだめるようにして言う。

「焦って動いても、時間はそんなに変わらないわよ。とにかくここを元通りにして、それから店舗の方へといきましょう。洋蔵とか桜とかだった場合、物が出しっぱなしになっているこの状況は、あなたにとって都合が悪いわよね？」

奈美さんの遺品を段ボール箱に入れて、床に引きずるようにして押入れの元の場所に戻すと、襖を閉めて、僕は座敷から出る。そしてそのまま廊下を居間の方へと進み、店舗へと続く戸に手をかけると、恐る恐る、なるべく音を立てないように、慎重な面持ちで開ける。

目の前に洋蔵さんがいた。というよりは、鉢合わせしたというのが正確かもしれない。ちょうど洋蔵さんも、居間へと通じる戸へと、手をのばしたところみたいだ。

「あっ、洋蔵さん、おかえりなさい」

「うん。今戻ったよ。お店の方は、大丈夫だったかい？」

「はい。大丈夫です。……それで、桜さんは？」

「うん。なんとか見つけることができたよ。二階の部屋に向かったみたいだけど、会わなかったかい？」

「あ、いえ……」

行き違ったのか？　でも、会わなくてよかった。会っていたら、言い訳のしようがなかったし。

「随分と時間がかかったみたいですが……」

言いつつ、僕は自然と時計へと視線を送る。

つられたのか、洋蔵さんも僕にならい、時計へと顔を向ける。

時計の針は、十一時半の辺りをさしている。

「ああ、ごめんね。結構長い間、春人くん一人にお店を任せちゃって。実は、桜の実家の方までいっていたから」

「というと、料理屋さんの……？」

「おや、もう知っているのかい？」

しまった。これは先ほど、オウカから聞いたんだった――と思ったが、後の祭りだ。僕は動揺をなんとか隠しつつ、もごもごとした口調で言う。

「あ、はい。……ちょっと、聞きました」

「そうなんだね」

話の流れからしても、おそらく洋蔵さんは、僕が、桜さんから聞いたと、そう思っているのではないだろうか。まさか付喪神から聞いたなんて言えないので、心が痛むが、洋蔵さんにはこのまま、勘違いし続けてもらうことにする。

「あの子、珍しく家の中を見たいって言うから、ちょっと中で話したんだよ」

「それで、どうでしたか？」

疲れたような顔をして、洋蔵さんが首を横に振る。

「だめだね。いつもと同じ。一体なんだろうねえ。桜の方から近づいてくるのに、いざ手を差し出そうとすると、感情を爆発させて、そっぽを向いてしまう。私には、もう本当によく分からないよ」

こんな時、一体なにを言うべきなのだろうか……。

迷っているうちに、洋蔵さんがなにかに気がつき、そっと手をのばす。

「おや、これは娘の包丁」

「あ、すみません。座敷に置いておくのも、どうかと思ったので」

なんでもないように、小さく首を横に振って応えると、洋蔵さんは蓋を開けて、包丁の本体をあらため始める。

白っぽい木の柄がついた、一本の和包丁。茶色い油紙のような物が巻かれているので、刃の部分を見ることはできない。

洋蔵さんは重さを確かめるように、手の中で何度か包丁を振ってから、巻かれていた紙を、まるで小刀を鞘から抜くように、ゆっくりと慎重に取る。

「……少し、錆が出ちゃっているね。最後に手入れをしたのは、いつだったか……」

まじまじと見すぎたのだろう。僕の視線に気づいた洋蔵さんが、包丁の向きを返して、僕へと差し出しながら首を傾げる。

「持ってみるかい？　多分、その重さに、びっくりするよ」

「あ、はい。では……」

　手に取ってみると、洋蔵さんの言う通りに、包丁はずっしりとした重みがあった。僕がアパートで使っている、スーパーで買ったステンレスの包丁とは明らかに違う。素材その物が違うのは明らかだが、では一体なにでできているのだろうか。

「本当に重いですね。でもなんか、説得力みたいなものがあります」

「打刃物だよ。合わせではなくて本焼の」

「合わせ？　本焼？」

「合わせは鋼と地金を鍛接した物。地金っていうのは、ようは軟鉄だね。だから研ぎ直しがしやすい。本焼は鋼のみの物で、研ぎ直しが難しい分、切れ味がよくて持続性がある」

　一体どんな刃をしているのだろうか？

　僕はもっとよく見るために、刃に明かりがよく当たるところに移動して、顔を近づけてみる。

「刃の上、平らな部分に、刃紋が出とるのう」

　肩の上にのったイマリが、ぐっと身を乗り出す。そして目を細めながら包丁の刃へと視線を注ぐと、ちょっと怖い一言を付け加える。

「まるで刀じゃ」

「刀……か」

思わず口にしてしまった僕の独り言に、洋蔵さんが応える。

「うん。その表現で、間違っていないかな」

「どういうことですか？」

「この包丁を作った百々瀬刃物さんはね、とにかく伝統を重んじる工房でね。鋼は工房脇にあるたたらにより、不純物である滓を取り除いた玉鋼を使うんだよ。そして火床で熱したそれらを、機械ではなくて人の手で、槌を使い打つんだ。打っては折り、打っては折りを、幾度となく繰り返して」

昔テレビかなにかで見たことがある。確かにあれは、包丁作りではなくて、刀鍛冶の特集だった。

「まあつまりこの包丁には、刀鍛冶の技術が、ふんだんに活かされているってことだよ。見えるかい？　刃と峰の間にある刃紋が。これはね、強度を持たせるために、一部焼きを抑えた際にできたものだね」

ミニチュアの刀……そんな言葉が、脳裏によぎる。

「でも、残念だね。全体的に色がくすんで、所々錆が出てしまっている。いい状態だと、本当に目を見張るような白銀で、美しくもあるんだけどねぇ」

「そんなに、すごいんですか？　一度見てみたかったです」

「これは、一度メンテナンスに出した方がいいかもしれないね。桜が受け取る受け取らないに関係なく」

ぱこーんと、イマリが僕の後頭部に狼パンチをくらわせる。

一体なんだ!? 叩く前に言ってくれよ! とは思ったが、もちろん口には出さない。洋蔵さんが目の前にいるというのももちろんあるが、言ったところで、多分イマリは次も、ぱこーんと狼パンチをくらわしてくるに決まっているから。

「チャンスじゃぞ! 早く手をあげるのじゃ! 自分が百々瀬刃物まで持っていくと」

確かに。もしも奈美さんの元同級生である亮さんが百々瀬刃物にいるのなら、直接会って話を聞くことができるし、なによりも、包丁を持ち出して、オウカも一緒にいくことができるから、一石二鳥だ。

「あの……よかったら、僕が持っていきましょうか? 連絡も取りますので」

「いいのかい?」

「はい。骨董品とか古道具とか、そういった専門的な仕事は、まだほとんどできませんが、こういう体を使う系なら、僕にもできると思うので、できればやらせてほしいです」

親指と人差し指であごをつまむと、洋蔵さんはうつむきかげんに黙考する。それからすぐに顔を上げると、レジ台の棚からよく使い込んだ手書きの電話帳を取り出して、僕へと手渡す。

「じゃあ、お願いしてもいいかな。もちろん代金はうちが持つから、百々瀬さんの言い値でいからね」

百々瀬刃物に電話をしてみたところ、奈美さんの同級生だった百々瀬亮は、やはり現在、刃物を作る職人をしていた。しかも奈美さんと亮さんは幼なじみであり、卒業してからも、そしてお互いが他の誰かと結婚してからも、こまめに連絡を取り合っていたらしい。

だとすると、奈美さんとの会話の中で、亮さんが、奈美さんの娘のこと、ようは桜さんのことについて、なにか聞いている可能性は極めて高いだろう。詳しくではなくて、ちょっと小耳に挟んだとか、そういうレベルならば、その可能性は、もっと上がるかもしれない。

約束は明日の午前十時。日曜日であり、なによりも急であったが、年中無休だからいつでも大丈夫ということだったので、お言葉に甘えて、その日時に、お邪魔させていただくことにした。

＊

「ふあああぁー。わしはまだ眠いぞ」

駅に向かう途中で、僕の肩の上にのるイマリが、大きなあくびをしながら言う。

日曜日の、しかも午前八時という時間もあり、自宅から駅にいくまでの間では、ほとんど誰ともすれ違わなかった。元気よく活動をしているのは、かあかあと鳴き合うカラスと、集団で歩き回るハトぐらいなものだ。

「仕方ないよ。結構遠い場所なんだから。遅れるわけにはいかないし」

「ふああああー」

「そんなに眠いのなら、こなければよかったじゃない。別に強制ではないのだから」

脇を歩くオウカが、細めた目をイマリへと向ける。

「なにをゆうとる。わしはスマホの付喪神じゃぞ。ついていく他ないではないか。というかおぬし、分かっておるのか？　今まさに、春人に対して、銃刀法違反というリスクを、負わせておることを」

銃刀法違反？

僕はとっさに、鞄に入れた、奈美さんの遺品であり、またオウカの依代（よりしろ）でもある包丁へと、顔を向ける。

確かに、今職務質問とかをされたら、かなりまずいんじゃ……。

気づいた瞬間に一気に、ただ道を歩くという行為それだけでも、なんだかすごく危険なことをしているような気分になった。いばらの道を裸で歩くような、そんな気分に。

僕の気持ちを察したのか、オウカがどこかなぐさめるような口調で言う。

「大丈夫よ。工房に研ぎ直しにいくと言えば。最悪アポイントメントは取ってあるのだから、問い合わせてもらえばはっきりすることなのだし」

「そ、そうだよね」

全く心臓に悪い。

僕は手に握った汗をズボンで軽く拭うと、急ぎ足で駅へと向かう。

しかし駅に着いたところで、もっと心臓に悪いことが、僕に降りかかる。

——え？

「……おはよう」

——なんで？

「私もいくから」

改札前の切符売り場で、物陰から姿を現したのは、清潔そうな白いシャツに、ベージュのチノパンという格好をした、桜さん、その人だった。

財布とかスマホとかを入れているのだろう。肩には女の子らしい黒のショルダーバッグをかけている。

「ええと、あれ？……どうして」

やっとの思いで発したのは、要領を得ない、なんとも情けない言葉だった。

「色々、話を聞きにいくんでしょ？　私もいくから」

僕が今日、百々瀬刃物さんにいくことを、どうして桜さんが知っているんだろう。洋蔵さんが言ったのか？　いや、でも……。

すぐに気づく。今桜さんが、包丁のメンテナンスではなくて、『話を聞きにいく』という言い方をしたことに。

昨日僕は、百々瀬刃物さんへの電話を、店の固定電話からではなくて、自分のスマホからした。それは包丁のメンテナンスの依頼以外にも、奈美さんの話題を出すつもりだったので、洋蔵さんに聞かれるのは少々まずいと思ったからだ。

電話をかけたのは、居間を抜けた先にある廊下。ちょうど二階に上がる階段の前辺りだ。

……多分、桜さんは聞いていたんだろう。僕と亮さんとの会話を。電話なので、もちろん亮さんの声が聞こえたはずはないが、僕の一方的な言葉だけでも、内容を推測することは十分に可能なはずだ。

「もしかして、おじいちゃんから聞いた？」

頭の中で考えがぐるぐるして、言葉に詰まっているうちに、桜さんが聞く。

「え？」

「だから、私が包丁を受け取らないこととか、なんていうか……進路のこととか」

「あ……ええと……その」

「まあ、別にいいけど」

僕の答えを聞かずして、桜さんはバッグからカードケースを出すと、改札にＩＣカードを当てて、電車の乗り場へと歩いてゆく。

でもどうして、あんなに避けていた包丁のことなのに、今日はこんなにも積極的なんだろう……。

不意に、昨日の洋蔵さんの言葉が脳裏によぎる。

『桜の方から近づいてくるのに、いざ手を差し出そうとすると、感情を爆発させて、そっぽを向いてしまう』

今はその、前半部分なのか？　それとも、なにか桜さんなりの考えがあるのか？

……考えすぎかもしれない。僕は人のことを、少々考えすぎてしまう嫌いがある。

小さく頭を左右に振り、一旦考えを追い払うと、僕もＩＣカードを改札へと当てて、乗り場へと向かう。

地下鉄に乗ってから数分後に、僕たちはＪＲに乗り換えた。ここからは快速一本でいける。約四十分という少々長い道のりだが、ただ座っているだけで目的地に着くというのは、それだけでも気が楽というものだ。

電車に乗り込むと、僕はあいていた一番端の席に座った。

桜さんは一瞬迷ったような素振りを見せてから、僕の隣へと、顔をそらしつつも腰を下ろした。

窓の外には、まだ新しい日の光を受ける、新鮮な朝が広がっている。車内には、空調の風の音と、車輪が線路に当たる、硬い音が響いている。時折車掌による気だるそうなアナウンスが入るが、音についてはそれだけだ。基本的にはずっと、人工的でいて無機質な音のみが聞こえてくる。

目的の駅までもうすぐのところで、桜さんがおもむろに口を開く。その声は小さくて、また同時に感情が抑えられているようにも感じられた。

「春人さんは高校の時、進路どうやって決めたの？」

「進路？」

腕を組んで、視線を空へと彷徨（さまよ）わせて、僕は思い出すふりをする。

本当は、本当のことを言おうか、いや、言ってしまってもいいのかと、迷っていたのだ。

「そんなにはっきりとは、考えていませんでした。ただなんとなく、皆が大学にいくから、僕も僕のレベルに合った大学を、受けたというか」

「そう」

「ごめんなさい。嘘（うそ）です」

「は？」

なんとなく、もう別に言ってもいいかなという気分になったので、仕切り直すことにする。というか、望む望まないにかかわらず、桜さんの事情に踏み込んでしまっている僕が、僕自身の事情を隠すというのが、なんとなくフェアでない気がしたので、言うことにしたというのが、正直なところだ。

「僕……昔おじいちゃんと色々ありまして……それで、両親とも、ちょっと関係がよくなくて。だから、実家からは遠いどこかの、一人暮らしのできる大学にいきたかったんです」

「つまり……」

僕とは反対側、斜め下に目を落としつつ、桜さんが呟くように言う。

「……逃げたんだ」

「桜、あなた！」と、思わずといったていで、声をあげるオウカ。

イマリについては、「なんとも辛辣な娘じゃ。まあわしは、嫌いじゃないがのう」と、桜さんに同調する言葉を呟いてから、うんうんという風に何度か相槌を打つ。

「別に悪い意味じゃないの。多分私も、似たようなものだから」

顔を戻して、バッグの中に手を入れると、中から一枚の紙を取り出す。

四つ折りにされた、B5サイズほどの紙。ずっと持ち歩いているのか、所々しわになってしまっている。

「それは？」

僕の質問に、桜さんは、紙を開いて見せることによって、答える。

進路希望調査票だった。第一希望から第三希望まで記入する欄があるが、今はなにも書き込まれておらず、真っ白だ。

「提出期限はいつなんです？」

「夏休み明けまで」

ということは、もう何週間か過ぎてしまっている。もしかしたら、ここ最近、教師にせっつかれたとか、そんな感じなのかもしれない。進路希望調査票を提出するようにと。そう考えたら、桜さんがここのところ、進路について、将来について、特に焦り始めたことに、説明がつくし。

僕がなにも言わなかったからか、桜さんは安堵とも落胆ともとれる小さなため息をついてから、調査票を折り、再びバッグの中にしまう。

僕は、なんと言うべきだったんだろう。みやび堂を継ぎたいんですよね？　と聞けばよかったのか、ひとまず大学とか専門学校とかはどうですか？　と提案すればよかったのか、あるいは……。

電車を降りて、駅の改札を出ると、僕たちはのどかな住宅街の間を縫うようにして、歩を進めた。僕が前を歩き、その少しうしろを桜さんがついてくるといった格好だ。例のごとくイマリは、僕の肩の上にのり、歩調に合わせてゆらゆらと尻尾を揺らしている。オウカは僕の隣を歩きながら、興味深そうに、辺りへと視線を送っている。

空は、まるでプールを逆さまにしたかのような、爽やかな水色だ。気温も太陽も、昨日と比べるとそれほど高くない。もしかしたら夏の終わりが近いのかもしれない。少なくともこの空の下にいる人たちの大半が、遠くからかすかに聞こえる秋の足音を、感じ取ったのではないだろうか。

『百々瀬刃物有限会社』

建屋の側面に取り付けられた看板と、スマホに表示した地図を交互に見ながら、僕は桜さんへと呟く。

「地図も合っているし、ここで間違いないですね」

ようやく目的地にたどり着いたのは、駅を出てから数十分後のことだった。

金属の外壁にトタンの屋根。地面に近い部分は湿気の影響が出やすいのか、壁の凹凸に合わせて縦の方向に錆(さび)が出てしまっている。出入り口は、どうやら建物と建物の間をくぐった、奥にあるようだ。その通路の途中には、水色や黄色といった不揃(ふぞろ)いなコンテナが、壁に沿って高く積まれている。

僕と桜さんは敷地内に足を踏み入れると、事務所の引き戸へと近づき、軽くノックをしてから、「すみません」と声をかける。

「はい、いらっしゃいませ」

引き戸の向こうから姿を現したのは、四十歳前後のひげ面の男性だ。奈美さんの同級生だったということなので、歳からしてもおそらくは、この人が亮さんで間違いないだろう。よく見ると、面長に短髪と、昨日見た奈美さんの卒業アルバムに載っていたあの男の子と、似ている気がする。

「ええと、山川春人さんと……」

つうと、僕の隣に立つ、桜さんへと視線を送る。亮さんは、一瞬考えるように沈黙してから、すぐに気づいたように言う。

「あっ、もしかして、奈美ちゃんの娘さん？」

「はい。桜です。よろしくお願いします」

「うん。きてくれたんだ。さあ、とにかく入って入って。汚いところだけどさ」

案内されたソファに腰を下ろすと、僕は誰もがそうするように、初めてきた場所へと、ざっと視線を送ってみる。

パーティションとか、そういった目隠しになるような物はなくて、事務所全体を見渡すことができる。すぐ隣にはねずみ色の机が四つ、向かい合わせに置かれている。壁際には事務用の棚が並んでおり、まさしく全国どこにでもある事務所といった感じだ。建屋自体が相当に古いのだろう。リノリウムの床は所々波打っており、端の方に関してははがれて、下のコンクリートがむき出しになってしまっている部分も見受けられる。

「電車できたんだよね？　疲れたでしょ？　ここ駅からちょっと距離があるからね」

給湯室から戻ってきた亮さんが、僕と桜さんに、グラスに入った冷たい麦茶を差し出しながら言う。

「じゃあさっそくなんだけど、包丁、見せてもらってもいい？」

「はい。これなんですけど」

包丁の入れられた箱を鞄から取り出すと、僕はテーブルの中央付近にそっと置く。

亮さんは蓋を開けて包丁の本体を持ち上げると、刃に巻かれた紙を取り、表、裏と、返すようにして何度か見る。

「うん。間違いなく、これは奈美ちゃんの包丁だ」

桜さんが、わずかに顔をそらす。

僕はそれを、ぼやけた周辺視野で確認する。

「僕が一番初めに、お客さんのために作った包丁。……うん、我ながらいい作品だね。今ならもっと、上手く作れるけどさ」

それから亮さんは、一度包丁を箱の中に戻すと、ソファから立ち上がり、事務所の戸を開けて、外に上半身を乗り出す。そして大きな声で「慎二！　慎二ちょっときてくれ！」

と呼び、やってきた慎二という名の男性に、「錆取りと研ぎ、頼むわ」と言って、包丁を箱ごと手渡す。

席に戻ってくると、亮さんは腕時計で時刻を確認してから、正面に座る僕へと、顔を向ける。

「三十分ぐらいで終わるけど、どうする？　待ってる？」

「はい。今日持ち帰りたいので」

ちらりと、テーブルの端に座るオウカへと、僕は視線を送る。

オウカがまだここにいるということは、作業場は、事務所からほど近いところにあるということか。……それよりも、奈美さんのことだけど、一体どうやって切り出すべきか……。

僕は、亮さんを見てから、隣に座る桜さんを目だけで見る。最後に、膝の上で組んだ自分の手元へと視線を落としたのだが……どうやらタイミングを逃してしまったらしくて、余計に言葉が出なくなってしまう。

これはもうじきイマリの狼パンチが炸裂するぞ、と、身構えたその矢先に、僕にとっては好都合にも、亮さんの方から奈美さんの話題を切り出してくる。

「ところで奈美ちゃんのことだけど、確か色々話を聞きたいって、そう言ってたよね」

「あ、はい。そうですね」

「昨日電話で、僕と奈美ちゃんが、元同級生の幼なじみだったってのは話したと思うけど、他になにか聞きたいことってある？」

「ええと……その……」

奈美さんから、娘さんについて、なにか聞いていませんか？　と聞くだけなのだが、なかなか言葉が出てこない。当然といえば当然だ。当の本人が、すぐ隣にいるのだから。

「いいですか？」

桜さんの声に、思わず僕は顔を向ける。

正直……予想外だ。桜さんの方から積極的に、お母さんのことについて、質問をするなんて。

僕は麦茶を手に取ると、一度乾いた喉を潤す。グラスは、なんとなくもう一度テーブルに置くのがためらわれたので、そのまま手の中で持っておくことにする。

「お母さん……奈美なんですが」

「お母さんでいいよ」

頷（うなず）いてから、桜さんが続ける。

「なにか私について、言っていませんでしたか？」

「桜さんについて？　うーん……どうだったかなー……」

腕を組むと、亮さんは思い出すように、天井へと顔を向ける。

「僕も結婚はしてるけど、子供がいないからね。そこが共通の話題じゃなかったっていうか。赤ちゃんが生まれたって時は、写真ぐらいは見せてもらったけど」

「そうですか」

諦めたように言うと、桜さんは麦茶の入ったグラスを手に取り、ごくごくと一気に半分ほど飲む。その後に彼女は、ソファの肘かけに頬杖(ほおづえ)をつき、僕や亮さんから顔をそらして、口を閉ざしてしまう。

そんな桜さんの様子に染まってしまったのか、なんだかこの場に、居心地の悪い空気が広がる。からんという、グラスの中で氷が溶ける音が、やたらに大きく聞こえたことからも、この場がいかに沈黙しているのかというのがよく分かる。

「……なにかしら？　……なにかが………」

沈黙を破ったのは、オウカだ。もちろんオウカの声は僕にしか聞こえないので、沈黙が破られたのは、あくまでも僕にとってだけではあるが。

オウカはなにかに気づいたようにきょろきょろとすると、翼をばたばたと羽ばたかせつつテーブルから飛び下りて、事務所の脇にあるドアの方へと近づく。

ドアの上部に『保管庫』と書かれたプレートが取り付けられていることから、中には商品やら、お客さんからの預かり物やら、あとは備品やらが、収められているのだろうと想像がつく。

「なんじゃ？　なにをしておる？」

僕の代わりに、イマリが聞く。

「……二本？　いえ、もう一本、ある？」

「もう一本？　包丁のことか？」

「そう。感じるの。私の包丁と同じような思いで作られた包丁が、この中にある。まだ付喪神は生まれていないみたいだけれども、多分……もうすぐ……」

「それは、奈美の包丁なのか？　二本目とかの」

「いえ。違うわ。違うけれども、似ている。思いの形式が」

『形式』？　そういえばイマリも、以前僕の呪いを見た時に、同じ言葉を使っていたな。呪いの形式が同じだから分かる……みたいに。人の間でも、『同じにおいがする』みたいな言い回しはあるし、付喪神同士、自分に似た者を感じ取る第六感みたいなものが、もしかしたらあるのかもしれない。

とか考えているうちに、イマリがパコーンと僕の後頭部へと狼パンチをくらわせる。

「なにをしておる！　早くこの百々瀬なにがしとかいう男に聞かんかい！」

ええええ……なにを？　どうやって？

「なんでもいい！　かまをかけるんじゃ！　とにかく『包丁』という言葉を出しておけば、自ずと相手から話し始めるじゃろうて！」

む、無茶振りすぎる！

ぼふんと、白い煙を上げて、イマリがあの厳(いか)めしくも美麗な、巨大な狼に姿を変える。

そして僕へとその大きな牙、鋭い眼差(まなざ)しを近づけると、まるで脅しつけるような声音で、言う。

「わしはな、神心のために、今ここにおるのじゃ。春人、おぬしがやらぬというのならば、このわしが、あの倉庫の中に入り、荒らし回ることになるぞ。もっともこの巨体だ。穏便にことが運ぶ保証は、どこにもないがな」

そんなことをされては、下手をしたら警察とか、もしくは霊能者的な、そんな人を呼ぶことになってしまう、と思った僕は、頭をからっぽにして、なにも考えずに、とにかく勢いで、『包丁』という言葉を、口にすることにする。

「――包丁」

「え？」と言い、亮さんが顔を上げる。

桜さんも、何事かといったような面持ちで、僕へと視線を送る。

「ええと……あそこの保管庫の中に……包丁が……」

「保管庫？　包丁？　……あっ」

勢いよく立ち上がると、亮さんは手を打ち、小気味よい音を響かせる。

「そうだ！　思い出した！　あるよ！　一つだけ。桜さんに話すっていうか、渡さないといけない物が」

　ちょっと待ってて、と言うと、亮さんは一人で保管庫の中へと入ってゆく。ドアの前に巨大化したイマリがおり、もう少しで勢い込んだ亮さんとぶつかるところだったが、寸前で例のごとくぼふんと煙を上げて小さくなったので、なんとか接触せずに済む。

「お待たせ」

　席に戻ると、亮さんは手に持っていた長方形の箱を、桜さんの前にとんと音を立てて置く。箱の中央に『百々瀬刃物』と、工房の名前が入っている。大きさからしても包丁で間違いないだろう。

「この包丁はね、奈美ちゃんからの依頼で、作った物だよ。でも完成とほぼ同時期に、奈美ちゃんが事故で亡くなっちゃったからさ。渡すタイミングを失っちゃって」

「葬儀には出られたんですよね？」

　僕は、桜さんの前に置かれた包丁の箱へと視線を送りながら、亮さんへと聞く。

「その時に渡せなかったんですか？」

「あの時はとてもじゃないけどそんな雰囲気じゃなかったからね。奈美ちゃんの親父さんに渡してもよかったんだけど、やっぱりこれは、直接桜さんに渡さなきゃって思ってさ」

「え？　桜さんに？　どういうことですか？」

　桜さんを見てから、もう一度亮さんを見る。

「奈美さんの遺品は、その親に渡すのが普通なんじゃないですか？」

「あ、違う違う。これは奈美ちゃんの遺品だけど、親父さんに渡すべき物じゃあないんだ。これはあくまでも桜さんの物。娘にプレゼントする包丁ってことで、依頼を受けたから」

娘へのプレゼント？　……つまり奈美さんは、桜さんに、将来料理人になってほしいと、そう思っていた？　もしくは娘の夢を叶えてあげたかった？

「この包丁の依頼を受けた時、奈美さんはなにか言っていませんでしたか？　どうして包丁をプレゼントするのかとか、そのようなことを」

「うん、言ってたよ。うちの娘は料理の才能がある。将来プロの料理人になるんだって」

これが、奈美さん……ようは桜さんのお母さんの本音。これは桜さんにとっては、かなり嬉しいんじゃあないか？　もしかしたらこの言葉が、桜さんの背中を押して、本来自分がやりたかった道へと、踏み出すきっかけになるんじゃあないか？

期待を込めて、僕は桜さんへと、視線を送る。

……え？

桜さんは、不機嫌な顔で手を強く握っていた。頬の辺りが引きつっていることからも、奥歯を、強く強く噛み締めているのが、はたから見てもよく分かる。

桜さんのそんな様子に、気づいているのか気づいていないのか、亮さんが続ける。

「そうそう、奈美ちゃんが桜さんについて言っていた言葉だけど、一つ思い出したよ。それっていうのがさ、僕が刃物職人を目指そうかどうしようか迷ってた時に言ってくれた言葉と、すごい似てたんだよね。だからきっと、桜さんにとっても、今後の人生において、いい励みになると思うよ」

「百々瀬さんに言った言葉と、よく似ていた？」

「うん。正直僕は、昔は刃物職人に対して、うしろ向きだったんだよ。安定しているかと聞かれれば、必ずしもそうとは言えないし、だったら会社に就職した方が、安定した生活が送れるかなって。でも奈美ちゃんは、そんな僕の、本心が分かっていたんだろうね。中学の卒業式の日に、こう言ったんだ」

居住まいを正すと、亮さんは一度こほんと軽く咳をして、喉の調子を整える。

「『亮くんがプロの刃物職人になったら、私が一番のお客さんになるんだ』って。嬉しかったよ。だからこそ頑張れたっていうか、本気で目指す決意ができたっていうか」

ぴくりと、桜さんが反応する。いや、反応した気がする。

桜さんから、なにやら不穏な空気を感じたし、嫌な予感も覚えたが、もうここまできたら聞かないわけにはいかない。

僕は先を促すように、かすかに身を乗り出して、小さく首を傾げる。

「それと同じ感じ。奈美ちゃんが桜さんの包丁の依頼にきた時に、こう言ったんだよ。

『桜がプロの料理人になったら』――」

テーブルを叩く、硬い音が響き渡る。

驚いて顔を向けると、そこには顔を背けて立ち上がる、桜さんの姿がある。

僕も亮さんも、イマリもオウカも、桜さんの突然の行動に、なにも言うことができない。

「……どうして」

口の中で、桜さんが呟く。そしてもう何度か「どうして」と繰り返してから、半ば駆けるように戸口へと向かうと、そのまま勢いよく出ていってしまう。

「聞いたか？」

テーブルの上に飛びのったイマリが、今しがた桜さんが飛び出していった戸口を見てから、僕へと顔を向ける。

……うん。聞いた。

「あれは一体、どういう意味なんじゃ？　洋蔵の嘆きも、納得じゃわい」

去り際に、桜さんは確かに言った。

――どうして諦めさせてくれないの？　と。

＊

桜さんと一緒に奈美さんの御用達、百々瀬刃物にいった。そこで奈美さんが、桜さんにプレゼントするはずだった、包丁の存在を知った。なぜ包丁をプレゼントしようと思ったのか、桜さんがどれだけ料理人に向いているのか、そういった、奈美さんの本音も。しかしだめだった。桜さんは不機嫌にも顔をそらして、感情を爆発させて、飛び出していってしまった。これでは包丁を、オウカの宿った奈美さんの包丁を渡すなんて、夢のまた夢だ。

どうして諦めさせてくれないの？　って、一体どういう意味なんだろう？

僕は……不用意にも、桜さんに踏み込んでしまったのだろうか？

僕は……桜さんを、傷つけてしまったのだろうか？

僕は……もうこれ以上は……。

帰りの電車の中で、僕は考え続けた。答えなんか、出るはずもないのに。

最寄りの駅で降りると、僕は改札から出て、地上に上がる。時刻は十四時前。まだまだ日は高くて、暑くもあるが、やはり数週間前と比べると、だいぶ風が心地いい。

そういえば洋蔵さんに連絡をしていなかった、と、ここで初めて気づいたので、僕はスマホを取り出すと、急いでみやび堂へと電話をかけることにする。外に出ているとはいえ、今はれっきとした就業時間内だ。

「もしもし、山川です。包丁の件ですが、無事に終わりました」

『おつかれさま。それはよかった。包丁は、また後日取りにいく感じかい？』

「あ、いえ……」

包丁と言われて、僕は自ずと鞄へと目を落として、上からさするように触れる。そこには確かに二つの包丁の存在を確認することができる。一つはメンテナンスを終えてぴかぴかになった、奈美さんの包丁。もう一つは、先ほど亮さんから預かってきた、桜さんの包丁……。

「すぐに終わるみたいだったので、その場で待たせてもらって、先ほど受け取りました」

『そうなんだ。ちなみに、領収書も大丈夫そうかな？』

「はい。もらいました。今駅にいるので、今からみやび堂に向かいます」

『いいよいいよ。慣れないところにいって疲れたでしょ。今日はもう、あがってくれて構わないから』

「え……でも」

『包丁と領収書は、また明日くる時に持ってきてくれればいいから』

正直迷ったが、体ではなくて、気持ちが相当に参ってしまっていたので、僕は洋蔵さんの言葉に甘えることにする。

「ありがとうございます。では今日はこれで。あ、ちなみにですが、桜さんって……？」

『桜？　桜は朝からいないよ。なんでも、友だちと出かけるから、遅くなるとかって』

洋蔵さんの返事に、僕は戸惑う。僕よりも早く百々瀬刃物を出たし、てっきり先にみやび堂に、ようは桜さんの自宅に、戻っていると思ったから。

……やっぱり、傷ついたのかもしれない。だとすると、すぐに家に帰らない……帰れないというのは、分かる気がするし。……僕が、余計なことをしたから……。

電話を切り、歩き出そうと一歩を踏み出したそんなタイミングで、僕はある人物に声をかけられる。それは白い歯の似合う、快活を絵に描いたような存在、岩井秀樹（いわいひでき）だった。

「うっす。春人じゃん。偶然」

秀樹は今日も、爽やかなアロハシャツを着ている。下は短パンで、筋肉質だがすらりとした脚が、これ見よがしに露出されている。

秀樹は片方の手をズボンのポケットに突っ込んだままで僕へとずかずかと歩み寄ると、もう一方の腕をがしっと僕の肩に回して、やはりというかなんというか、にっと白い歯をみせて、笑みを浮かべる。

「よしっ、春人、飯いくか」

「え？　え？　今から？」

「この前の引っ越しのお礼。ほら、飯もおごるって言ったろ？」

「いや、お礼とか、本当にいいから」

「なんだ？　このあと予定でもあるのか？」

「いや……ない、けど」

「じゃあ決まりだ。近くにうまいハンバーガーの店があるんだ。ビールも飲める！　さあいこう、すぐいこう、今すぐいこう」

あれよあれよという間にやってきたのは、駅から歩いて数分のところにある、南国風のハンバーガーのお店だ。この辺りは何遍も通っているのに、こんな店あったんだと、今さらながらに気がついた自分に、僕はちょっとだけびっくりした。多分、周りに対して……いや、自分以外に対して、自分で思っている以上に、目が向いていないのだろう。

僕は一番シンプルなハンバーガーセットを、秀樹はダブルチーズバーガーセットと瓶の口の部分になにやら柑橘系の果物が突き刺さったビールを頼むと、商品ののったトレイを持ち、外に設えられたウッドデッキの席へと向かう。

「で、なんかあった？」

乾杯をして、お互いに一口飲んだところで、秀樹が聞く。

「え？　なんで」

「そりゃー見れば分かるっしょ。今の春人、超疲れた顔してるし」

本当に？　と思い、じりじりとハンバーガーに近づくイマリへと顔を向けると、イマリは「全くじゃ」と言い、いよいよハンバーガーに飛びかかる。そんなイマリをオウカが、真横からテーブルの下へと蹴落とすと、一度僕の方を見て、それから申し訳なさそうに顔をそらす。

「ほれほれ言ってみ。おじさんがなんでも聞いてあげるから」

「いや……でも……」

一瞬、ほんの一瞬、秀樹が悲しそうな顔をした。それは間違いなかった。なぜならば、普段はそんな表情、素振りを一切出さない分、そのほんの一瞬が、ものすごく際立って見えたから。

「そりゃ、なんもできないかもしんないよ。人が人にしてあげられることなんて、限られてるっていうか、極端な話、なんもできないとも思ってるし」

……秀樹。

「でも、ただ話す、悩みがあるなら打ち明ける、それだけでも、気持ちって、だいぶ楽になることとない？　それって考えようによっては、超お得っていうか、超お手軽っていうか、ぶちまける機会があるんなら、がんがん利用すればいいと思うんだよね」

オウカが、テーブルの上にのせた僕の手に、そっと触れる。目が合うと、オウカは僕の目を見つめたままで、小さく一度だけ頷いてみせる。

「春人、俺に任せろ。春人の気持ち、どんと受けとめてやるよ。俺のことをサンドバッグと思って、さあこい。さあ！」

僕は、オウカに頷き返してから秀樹に、あくまでも人間関係で困っているというていで、桜さんにまつわるあれやこれやの事情を、そして今しがたあった百々瀬刃物さんでのできごとを、洗いざらい全部話した。もちろん、桜さんの名前、桜さんと僕との関係性については、しっかりと伏せてだ。秀樹は桜さんと面識はないし、今後知り合い同士になることも多分ないとは思うが、それでも、桜さんの名前を出して、誰なのか分かる状態にしてしまうのは、あまりにもデリカシーを欠いた行為だし、やはり軽率であると、そう判断したから。

「……なるほど」

僕の話を聞き終えると、腕を組んだ秀樹が、目を落としつつ何度か頷く。

「多分、僕が不用意に踏み込んだから、彼女を傷つけてしまったんだ。正直、少しは心を開いてくれたのかなと、そう思っていたけど、それも結局は僕の勘違いだったっていうか、思い上がりだったっていうか……」

「少し、昔話いいか？」

そらしていた目を、僕は秀樹へと向ける。

秀樹はビールを一口飲んでから、椅子を少しだけずらして、僕から身体(からだ)をそらす格好で、座り直す。

「中学ん時ってさ、席の近い者同士で、よくグループみたいな感じになるじゃん？ 給食で席を引っ付ける、ようはあの単位のまとまりって感じで。で、その時は確か五人だったかな。でも、仲がよかったのは初めのうちだけで、だんだんとそのうちの一人、伊藤(いとう)ってやつに対して、他のやつらが嫌みとか悪口を言うようになったんだ。そんである日、リーダー格っぽい男子の一人が言ったんだよ。『この中で、誰をのけものにするか決めよう』って。誰が選ばれるかは分かり切ってたし、やっぱり皆、伊藤の名前を挙げた。そんでいよいよ、俺の番が回ってきたんだけど、口ごもる俺に対して、リーダー格のやつが言うんだよ。『もちろんお前も伊藤だよな？』って」

「それで……秀樹はなんて」

「本格的ないじめとかじゃなかったんだ。雰囲気も、なんかゲームみたいで、冗談っぽいっていうか。……でも、伊藤の目はどっか深刻で、そんで口ごもる俺に対して言ったんだよ。『岩井くんは優しいから、そんなこと言わない』って」

先が気になった僕は、ただ頷いて秀樹を促す。

秀樹はそんな僕の催促ともいうべき仕草を見ると、一度ちらりとビールの瓶へと視線を送ってから、言う。

「負けたんだよ。空気に、集団に、同調圧力ってやつに。俺は伊藤の名前を言った。なにかを紛らわすように、口元に笑みなんか浮かべちゃってさ。だけどその瞬間、俺が伊藤の名前を言った瞬間、なんていうかさーっと、伊藤の顔から表情が消えたんだ。明らかに目が変わった。目から光が消えるっていうの？　まさしくそんな感じ。それからのあいつ、なんかすげー性格が変わっちゃってさ。口数が極端に減ったっていうか、暗くなったっていうか」

言い終えると、秀樹は洟をすすり、人差し指で目をこすった。

正直……僕はかなり動揺した。秀樹が、本当に辛そうな顔で、かすかにではあるが、目に涙を浮かべたことに。

「俺さ、もう人に対しては、絶対に妥協しないって決めたんだよね。仲良くなりたい、この人といい関係を築きたいって人には、がんがんいくっていうか、踏み込むことを憚らないって、そう決めたんだ」

「でも……だからって、その人が心を開いてくれるとは……」

「開いてくれるよ。少なくとも、『心を開いて』は、くれる。いい方向か悪い方向かは別にして」

ああ、そういう……。

「話を春人の相談に戻すけど、多分その子……それ以前なんだよ。つまり、春人に対して、全然これっぽっちも心を開いていない。なぜか？　簡単さ。春人がまだ憚っているから」

僕は、桜さんに対して、憚っている……。踏み込んでしまったことに悩んでいたが、そもそも踏み込めてもいない？

「なんでその子が春人に心を開かないか、俺分かるよ」

「……それって？」

「すっげー単純だよ。そもそも春人が、その子に対して、心を開いていないからさ。こっちのドアが閉まってる。相手のドアも閉まってる。こっちは立ち止まってる。相手も立ち止まってる。ゼロじゃん？　今の春人が――」

まさしくそれ！　と言いながら、秀樹がびしっと僕に対して指をさす。

はあはあと、僕は心の中で呼吸を繰り返す。図星をつかれたのか、まるで天啓でも受けたかのように、頭が真っ白になり、言葉が出てこない。

「いった方がいいんじゃない？　今から。その子のところ」

「……うん」

「じゃあ、春人のバーガーとポテトは、俺が食っといてやるから」

「うん」

「あ、あと、今日の夜なんだけど、大学の飲み会あるよ。春人もくるか？」

「うん。それはやめとく」

店を出ると、僕は元きた道を戻りつつ、とりあえずはもう一度みやび堂へと電話をしてみることにする。桜さんが帰宅しているかの確認をするために。しかしやはり、桜さんはまだ戻ってはいなかった。

「桜さん……一体どこに」

「多分だけれども」

僕の隣を歩くオウカが、地面に目を落としつつ呟く。

「店の方じゃないかしら？　桜の実家の」

「それだ。昨日桜さんがみやび堂を飛び出した時も、そっちの方にいっていたって、洋蔵さんが言っていたし」

「じゃが」

肩にのるイマリが、僕の耳元で言う。

「いってどうする？　会ってどうする？　桜に包丁を渡す方法が、なにかあるとでも言うのか？　本音を引き出す方法が、なにかあるとでも言うのか？」

「あなたはまた、そんな代案のない、なんの生産性もないことを……。ＳＮＳの見すぎなんじゃない？　それとも単なる老いの繰り言かしら？」

「オウカ……今は口論している場合じゃないから」

僕は、オウカをなだめると、胸の内に秘める、自分の思いを吐露する。

「一歩……踏み込んでみようと思うんだ」

「それって、つまり？」

前に出たオウカが、僕を見上げる。

「もう直接、桜さんに手紙のことを聞くんだよ。小学生の時に書いた、未来への手紙について。お母さんと二人で書いたんだ。どこにしまったのか、今どこにあるのか、知っているかもしれない」

「なるほどのう。まあ、それが一番手っ取り早いじゃろうて」

「オウカ。桜さんの実家の場所って、分かる？」

「もちろんよ」

頷くと、まるでついてこいとでも言わんばかりに、オウカがその場で羽ばたく。

「案内するわ」


桜さんの実家であると同時に、奈美さんが飲食店を営んでいた元店舗は、駅から歩いて数分という距離にあった。繁華街から一本道をそれたところにあり、近くに公園もあるためか、どこか落ち着いた雰囲気が漂っている。とはいえ、都心部であることには変わりがないので、全くと言っていいほど寂れた感じはしない。きっと店が開いていた頃は、繁盛していたのだろう。

建物は二階建てだ。元日本料理屋だったということもあり、鉄筋コンクリート造にもかかわらず、どこか和風建築めいた装いが施されている。

看板には次のようにあった。

【日本料理　桜花】

ふりがなはなかったが、僕にはすぐに読めた。

『おうか』と。

包丁の付喪神、金の羽を持つ孔雀、オウカの名前は、間違いなくここからきている。それによく見てみると、看板の端に、シンボルなのかトレードマークなのか、若干だがデフォルメされた鳳凰のイラストが描かれている。鳳凰のモデルは『孔雀』だとも言われているし、おそらくオウカの姿は、ここからきているのではないだろうか。

「とても懐かしいわ」

すぐ脇に立つオウカが、誰にともなく呟く。

「ここに帰ってきたのは、あの日以来……まだたったの六年しかたっていないというのに」

前の道を人が通る声がしたので、僕はそれをやり過ごしてから、出入り口の引き戸へと手をかける。

「閉まっている」

「裏はどう？　勝手口があるわ」

店舗の端へ、建物と建物の間にある細い路地へと、オウカが顔を向ける。

「正面は基本的にはお客様専用。普段の出入りには、いつもそっちを使っていたから」

頷くと、僕はなるべく音を立てないように気をつけながら、慎重な足取りで裏へと回る。

オウカの予想通りに、勝手口の鍵は外されていた。ドアを開けると、沈みゆく太陽の真っ赤な光が屋内へと差し込み、目の前の廊下と、家庭用の手狭な台所を、どこか哀愁の漂う暖色系の色に染めた。

「……桜さん」

台所の隅に、桜さんがいた。

桜さんは壁に背中を預けて、膝を抱えて顔を埋めている。洟をすする音が聞こえることから、おそらくは泣いているのだろう。

僕は桜さんに近づくと、その場に膝をついてしゃがみ、シャツの胸ポケットからハンカチを取り出すと、そっと彼女に差し出す。

顔を上げると、桜さんはまるで焦点を合わせるようにして、しばらくの間ハンカチを見続ける。そしてゆっくりとした動作で手をのばすと、特に礼を言うこともなく、僕からハンカチを受け取る。

差し込む光がそもそも赤色だったし、なによりも辺りが薄暗かったので、今この時まで気づかなかったが……桜さんの手が、土で汚れていた。よく見ると服も、所々土で汚れているように見える。

……ということは、多分、桜さんも……。

「捜しているんですね、手紙……」

僕の言葉に、桜さんは呆然と、床の一点を見つめる。それからすぐに、気づいたというようなどこか反射的な動きで、僕へと顔を上げる。

「あれ？　どうして春人さんが……手紙のことを？」

付喪神から聞いたとは、言えない。少なくとも今はまだ、言うべきじゃない。でも、なにも答えないわけにも、いかないだろう。

僕は桜さんの隣に腰を下ろすと、膝の上においた自分の手を見つめつつ、言う。

「いや……あるかなと思いまして、そういうの。僕も、小学校で、未来の自分へって内容で、校庭のどこかにタイムカプセルを埋めましたし。まあ、なにを書いたのかは、本当にすっかり忘れちゃったんですけど」

納得したのかしていないのか、桜さんは「そう……」とだけ言うと、再び、床へと視線を落とす。

そのままで、時間が過ぎてゆく。

イマリが大きなあくびをする。

僕と桜さんの正面に立ったオウカが、ただ黙って、僕たちを交互に見つめている。

日が、さらに傾いた。赤い光は紫色に変わり、紫は紺色に、そして最後に紺色が黒に変わり、夜の帳が下り切った。

「きて」

桜さんが僕を店の厨房へと導いたのは、夜の訪れと、ほぼ同時だった。

電気が通っていないのだろう。厨房にやってくると、桜さんはスマホを取り出して、ライトをつける。スマホのライト一つでは、なんとも心もとなかったので、僕もスマホを取り出すと、桜さんと同様にライトをつけて、暗闇を照らす。

範囲が狭いというか、照らした部分しか確認できないので、よくは見えないが、奥にフライヤーが置かれているのがうっすらと確認できる。できた商品を出す窓の反対側には、業務用のオーブンがあり、冷蔵庫があり、出力の高そうな電子レンジがあり。よく見るとフライパンやボウルなどといった、細々とした調理器具も、そのままで残されている。

「残してあるんだ……調理器具。あれ？　でも、さっきの台所とか、途中の部屋には、家具とか一切なかったのに」

「おじいちゃんでしょ。どうせ」

冷たい口調で言うと、桜さんは軽く、冷蔵庫の下の段をつま先で蹴る。

「私のために、残しておいた。私が将来、料理人になった時のために」

多分そうだろうと思った僕は、頷いて返事をする。見えているのか見えていないのかは、分からなかったが。

「私だって、昨日初めて知った。昨日、六年ぶりにここにきて、てっきり中はもうからっぽかと思ったら、店舗はそのままだし、厨房には調理器具が全部残ってるし。……なんか、今からでもすぐに、店を始められますよって感じで」

桜さんが、一旦言葉を切る。そしてごくりとつばを飲み込んでからぎりりと歯を噛み締めると、吐き捨てるようにして言う。

「私は、ずっと探してるの。私が、この私が、プロの料理人にならなくていいっていう、その理由を。ここ数日、探して探して探しまくった。だからおじいちゃんにはお母さんの包丁を商品として店に出せって言ったし、昨日ここにもきたし、今日春人さんと一緒に百々瀬刃物にもいった。でも……やらない理由を探してるのに、探せば探すほど出てくるのは、どれもこれも私の背中を押す言葉、料理人を目指すことを肯定する、優しくも残酷な言葉ばっか」

「なるほどのう」

目を伏せて、天井を仰いだイマリが、まるでため息をつくように、鼻から息をはく。

「先ほど桜が百々瀬刃物を飛び出した際に言った、『どうして諦めさせてくれないの？』とは、つまりはこういうことじゃったか」

「そうだけれども、そうじゃないわ」

オウカが応酬する。

「重要なのは、桜の中で二つの思いがせめぎ合っているということ。料理人になりたいという思いと、なりたくないという、その相反する二つの思いが。じゃなきゃ、やらない理由探しにこんなにも躍起にはならないし、見つからないからといって、こんなに辛そうな顔をするはずがないもの」

本当は料理人になりたい。でもそれはだめだから、無理にでも、目指さない、目指すきではない理由を、探そうとしている？

「……やっぱり、思い出したくないですか？　家族のこととか……お母さんのこととか……。包丁を見ると……というか、そもそも料理人を目指すこと自体、きっとお母さんにつながると思いますし」

僕の質問に、桜さんが首を横に振る。

「違うの。そうじゃないの」

要領を得なかったので、僕は次の桜さんの発言を、口をつぐんで待つ。

オウカも、そしてさすがのイマリも、そんな桜さんを、どこか心配そうな眼差しで見つめる。

「どうせ忘れることなんてできないんだから。思い出したくないんじゃなくて、あの日からずっと思い続けてる。今でも夢に見るし。お母さんとお父さんがいなくなって、初めは本当に辛かった。現実を受け入れたくなくて、目が覚めたら全部元に戻っていればいいのにと、本気でそう願った。でももう、さすがに慣れたの。二人が死んでしまったことには」

死んでしまったことに慣れた？　じゃあ奈美さんの包丁を受け取らない理由って……。

「じゃあ……どうして」

聞こうとしたが、桜さんがまるで僕の言葉を遮るようにして、口を開く。

「私が料理人を目指さないのは、もうなる意味がなくなってしまったから。絶対に約束を果たせなくなってしまったから」

「約束？」

とっさに顔を上げると、僕は桜さんを見る。

桜さんは、頬を伝った涙を服の袖で拭ったが、気がついたようにポケットから僕のハンカチを取り出すと、軽く当てる。

「そう、約束。子供の頃に、お母さんと交わした約束」

「よかったら、聞かせてもらってもいいですか？」

ハンカチを顔から離して、一度それを見てから、桜さんが話し始める。

「子供の頃は、別に料理人になりたいとか、そういう思いはなかったの。ただ料理をするのは嫌いじゃなかったし、お母さんの助けになればと思って、いつも家族の食事を作っていた感じ。でもある日、お母さんの誕生日に、ちょっと気合を入れて作ってみたの。そしたら……」

桜さんが、一歩二歩と厨房の奥へと足を踏み出す。そして普段はまな板を置いていただろう横長の台の上へと手を置くと、ゆっくりと僕へと顔を向けて、目をそらしたままの状態で続ける。

「そしたらお母さん、ほめてくれたの。満面の笑みで、桜は料理の才能があるね……って。私、なんだか嬉しくなっちゃって。約束をしたのは、その時」

「なんて、約束を？」

「うん」

自分自身を納得させるように頷いてから、桜さんはもう片方の手も台の上にのせて、思い出すように目を閉じる。

「私はお母さんに、『プロの料理人になったら、一番初めのお客さんは、絶対にお母さん』って。お母さんは私に、『桜がプロの料理人になったら、絶対に私が一番のお客さんになる』って」

そうか。先ほど亮さんが、桜さんに言おうとした奈美さんの思いって、これだったのか。

やらない理由を探しにいったのに、出てくるのは、背中を押す言葉ばかり。しかもそれが、もう絶対に叶わない母との約束という、ある種の矛盾をはらんでいる。だから桜さんは葛藤したし、感情を爆発させた……きっと、そういうことなんだ。

「これは言葉による呪縛であり、言ってしまえば呪いじゃな」

調理台の上に飛びのったイマリが、瞬きのない鋭い目を、桜さんへと向ける。

「過去の約束が現在を縛り、本心があるにもかかわらず、身動きの取れない状態に陥ってしまっている。であるならば呪いを解くしかないが、残念ながらそれも不可能じゃ」

不可能？　なんで？

「なぜならば、呪いを解く方法は、約束を……ようは契約を、契約をした本人との合意で、解くしかないからじゃ。しかしその本人は、今はもうこの世におらん。このままでは、桜にかかった呪いは一生解かれることなく、その命の灯火が消えるまで、心を蝕み続けるであろうな」

僕は、自分の服の、胸の辺りをつかむ。そして鼻から、まるで病気の時のような、やけに湿った熱い息をはくと、僕の中にもある『呪い』について、思い出してみる。

——イマリの放つ光。映し出される、黒い影。漆黒……死のような闇。

……桜さんを、こちら側の人にしてはいけない。桜さんは、皆を幸せにするんだ。皆を幸せにする力を、持っているんだ。だから……だから……。

「……嬉しかったな。それが私の料理人を目指すきっかけであり、動機であり、目標だった。でも、今はもう決して叶わない。お母さんがいないから。お母さんが死んでしまったから」

「桜さん……」

「今も、持ってるんでしょ？」

振り返って歩み寄ると、桜さんが僕の鞄を手で示す。

「お母さんの包丁を。お母さんの、料理にかける思いと、情熱がこもった包丁を」

頷いて答える。

「私は受け取らない。料理人をこころざす意味が、もうないから。その包丁を必要としている人は、他に必ずいる。その人に使ってもらうべきだから」

……これは、桜さんの本心じゃない。それはもう、分かっている。分かり切っている。

結局はイマリの言うように、お母さんとの『約束』が、桜さんを縛り、ねじ曲げてしまっているんだ。そしてこれは確実に言えることだが、奈美さんは、自分との約束で、娘がこんな状態に陥ることを、絶対に望んでいない。間違いなく。

僕は、手を強く握り、歯を嚙み締める。

まだだ。まだある。まだあるんだよ！　方法が！　約束を解く、方法が！

僕は、もうどうにでもなれという思いで、叫ぶ。

「どこにある!?　どこにあるんだよ未来への手紙！　みやび堂に、洋蔵さんのところにないんなら、もうここしかないだろ!?　どうすればいいんだよ！　オウカ！」

「ちょっ……春人さん？　なにを……」

──私は……。

オウカが、僕の声に応える。

「残念ながら、手紙の行方を、見ることはできなかった。でも、ここには、この場所には、奈美が桜を思う気持ち、奈美がお客さんを思う気持ち、奈美が料理を愛した気持ちが、たくさん……本当にたくさんつまっている」

オウカが、翼を羽ばたかせて、桜さんの頭の上にのる。もちろん、付喪神を見ることのできない桜さんは、オウカが自分の頭の上にのったことに気づかない。

「春人……あなたなら、聞こえるでしょ？　物たちの、声が。生まれる前の、付喪神たちの声が」

次の瞬間、今僕たちがいるこの場が、この厨房が、淡い光に包まれる。……いや違う。正確には、調理器具の一つひとつが、黄緑色の、淡い光を発し始める。

「雑魚中の雑魚じゃな」

イマリが、視線を巡らせながら言う。

「奈美が、百々瀬に、桜のために作らせたあの包丁と、一緒じゃわい。付喪神が生まれる前の、思いの力が凝縮した、非常に不安定な存在」

「だめだ！　聞こえない！　聞こえない！」

大丈夫よ。大丈夫だから。この私が、なんとかしてあげるから……。

口を動かしていないのに、オウカの声が聞こえる。まるで頭の中に、直接話しかけるみたいに。

オウカは……一体なにを？

「おぬし、まさか……」

よせ！　と、イマリが声をあげるのとほぼ同時に、オウカの体が眩い光を発し始める。

その光が眩しくて、見ていられなくて、僕は顔の前に手をかざして、目を閉じる。

——春人……奈美の遺志を……そして桜のことを……頼んだわよ……。

目を開けると、目の前には、たくさんの、本当にたくさんの、付喪神たちがいた。

カエルにブタにアライグマにハリネズミにペンギンに……。ヒツジだっている。アヒルだってニワトリだっている。よく見ればアルマジロだっている。とにかくたくさんの付喪神たちで、厨房が溢れ返っていた。

……これは、調理器具の一つひとつに宿った、付喪神……。でもどうして。さっきまでは儚い、姿を現せない、そんな弱い存在だったはずなのに。

——オウカは!?

僕は、先ほどまでオウカがいた、桜さんの頭の上を見る。しかしそこにオウカの姿はない。辺りを見回しても……どこにも。

まさか……まさかオウカは……。

「ねえねえ」

何者かにより、僕はズボンの裾を引かれる。

目を落とすと、僕の足元に、一匹のハリネズミの姿がある。

「うち、エプロンの付喪神。あそこの棚。電子レンジの上の棚、開けて」

言われるがままに、僕は示された棚の戸を開ける。

中には、タオルやら布巾やらの、いわゆる布製品が収められている。

「それ。左端の青いエプロン。それがうちの宿り先」

スマホを置いて、棚からエプロンを取り出すと、僕はそれを両手に持ち、手触りを確かめるようにして、一度軽く親指でこする。

「……それ、お母さんのエプロン」

戸惑ったような顔をしつつ、桜さんがエプロンと僕を交互に見る。

「どうして……?」

「きて」

エプロンの付喪神が、今一度僕のズボンの裾を引いてから、駆け出す。

「うち、知ってる。手紙の場所。手紙を埋めた場所。埋めた時、奈美、うちをつけてたから。服が汚れないようにって、つけてたから」

頷くと、僕はエプロンを桜さんへと差し出す。

「桜さん。これをつけてください。汚れるといけませんから」

「え？　汚れる？　どういうこと？」

「案内します。僕が代わりに。桜さんと奈美さんの、未来への手紙を埋めた場所に」

　庭は、ブロック塀に囲われた、広くもなければ狭くもない、ごく一般的なものだった。隅に、所々塗料の剝がれた物置があり、中央に、これまた塗料の剝がれた洗濯物干しがあり、縁側の近くに、砂埃をかぶった巻取り式のホースがあり……なんだか実家の、ようは一世代前の、懐かしい庭を見ているみたいだ。

　洗濯物干しの向こう側、塀の手前に、一本の大きな桜の木がある。僕はその桜に近づくと、根本付近の土へと、視線を落とす。

　……掘り返されている。一箇所……二箇所……三箇所……。多分桜さんが、僕がここにくる前に……いや、昨日も……埋めたはずの手紙を見つけるために、この辺りに目星をつけて、掘り返したんだろう。

「ないよ。なかったの」

　エプロンを身に着けた桜さんが、小さく一度ため息をつく。

「桜の木の下……確かそうだった気がしたんだけど、掘ってみたらないの」

エプロンの付喪神が、僕のズボンを引く。そして首を横に振ると、少し離れたところにある別の木を、手で示す。

「あっち。あっちだよ」

近寄り、確かめてみると、なんとそれも、桜だった。大きな桜と比べると、まだまだ若くて、確かに見劣りはするが、とにかくそれも、桜の木で間違いなかった。

「この大きさじゃと……」

肩にのったイマリが目を細める。

「おそらくは七、八年といったところじゃな」

七、八年？　じゃあ……。

「桜さん、この桜って……」

「これは……」

はっと、息を吸う音が聞こえる。それから桜さんはふらふらと歩み寄ると、木の下に両膝をついて座る。

「七年前に、私とお母さんとで植えた、桜……」

「じゃあ」

頷くと、桜さんは指先を土に当てて、掘り始める。

手伝おうと、僕も桜さんの正面にしゃがんだが、彼女はそんな僕を見ると、動きをとめて、首を横に振る。

自分の手で掘り出したいのだろう。桜さんの思いを汲み取った僕は、地面へとのばした手を途中でとめると、彼女の作業をただただその場で見守ることにする。出てきたのは、ビニール袋に包まれた、お菓子の缶だ。長い時間地面の中で眠っていたので、ビニール袋は変色してしまっているが、どうやら中は無事みたいだ。

桜さんは外のビニール袋をやぶると、缶の周りに巻かれていたテープをびりびりと音を立ててはがして、慎重な面持ちで蓋へと手をやる。

缶の中には、二つの封筒が入っていた。一つはキャラクターの絵がプリントされた、かわいらしい封筒。もう一つは、簡素な茶色の封筒。他にはなにも入っていない。その二つだけが、狭くて暗い缶の中に、まるで肩を寄せ合うようにして、収められている。

「二つありますね。絵がプリントされている方が、桜さんの？」

「うん」

答えると、桜さんは迷わずに茶封筒を、お母さんの方の手紙を、手に取る。

随分と、長い手紙だったのかもしれない。僕は桜さんが封を切るところからずっと顔をそらしていたので、手紙が何枚あるのか、どれだけ書き連ねられているのかは、一切知らない。イマリに関しては、どうやら手紙それ自体に興味がないようで、次に桜さんが動きをみせるのを、ハリネズミの姿をした付喪神をからかいながら、辛抱強く待っている。

「うーん……」

うなりつつ、桜さんが顔を上げる。そして吐息ともため息ともとれる息をはくと、手紙を折り、封筒へと戻す。

「なんていうか……」

なんか、微妙？　もしかして、だめだった？

「とりあえず、戻ろっか」

「……はい」

心の中で、秀樹の声が聞こえる。先ほどハンバーガーの店で話した、秀樹の声が。

——多分その子……それ以前なんだよ。つまり、春人に対して、全然これっぽっちも心を開いていない。

桜さんが、歩き出す。門の方へと向けて。この場から、立ち去るために。

——なんでその子が春人に心を開かないか、俺分かるよ。

桜さんの背中が、離れてゆく。

――すっげー単純だよ。そもそも春人が、その子に対して、心を開いていないからさ。

どんどんと、離れてゆく。

いつもなら、イマリがぱこーんと、僕の後頭部へと狼パンチをくらわすところだろう。あるいは巨大化して、脅しつけて、僕へと行動を促したかもしれない。でも、それじゃあだめだ。それは強いられているのであって、どこまでいっても僕の意思じゃない。

一歩踏み込め。一歩踏み込め一歩踏み込め。なにも三歩も四歩も、五歩も六歩も踏み込めというんじゃあないんだ。一歩……たった一歩でいいんだ。

僕は……僕は……。

「……さ、桜さん」

僕の呼びかけに、桜さんが立ち止まる。そして肩越しに顔を向けると、そのままくるりと、僕の方へと体を向ける。

「僕は、人とかかわるのが苦手でした。小さい時から、つい最近まで、本当に本当に苦手でした。多分、憎んでいたし、恨んでいたし、人間関係は大切なんだと触れ回る人たちのことを、心のどこかで軽蔑さえしていたんだと思います。でも、きっかけはあれですが……みやび堂で働くことになり、桜さんはもちろんのこと、洋蔵さん、カメラマンの原(はら)さん、フリーマーケットで出会った榊原(さかきばら)さん、百々瀬刃物の亮さん、店にきてくれるたくさんのお客さん、なにより……」

ちらりとイマリを見る。

イマリ……心優しい、付喪神たち……。

「出会い、かかわり、関係を築くことによって、僕は僕が抱いていた感情が……ねじ曲がった悪い感情が、単なる自分の思い込みであり、そんな風に思い込むからこそ、今まで気づけなかったんだと、そう分かったんです。……多分、いや間違いなく、僕は救われました。もちろんこれからも、僕は間違えるし、時にはなにもかもが嫌になって、ふさぎこむことだってあると思います。でも、もう大丈夫です。大丈夫だって、そう確信できるんです。だって僕には、心を開ける友だち……」

秀樹の顔が、脳裏によぎる。にっと白い歯を見せる、自信に満ちた顔が。人に元気を与える、快活な笑顔が。

「……仲間、相談できる、話を聞いてくれる人たちが、たくさんできましたから」

「ちょ、ちょっと待って」

駆け寄った桜さんが、まるで落ち着いてとでも言うように、僕の肩を二度叩く。

「急に……なに？　どうしたの？」

「だから……」

僕は、おじいちゃんのことで、ずっとずっと後悔していた。おじいちゃんの大切な絵皿を割ってしまい、喧嘩をして、結局最後の最後まで、謝れなかったことを。それはある意味呪いだったのかもしれない。おじいちゃんは僕のことを憎んでいる。恨んでいる。そんな思いを抱えたままで、逝ってしまったんだという、決して解くことのできない、取り返しのつかない……呪い。でもそんな、取り返しがつかないだろう、もう絶対に確かめるすべはないだろうと思っていたことも、ずっと避けていた、ずっと拒絶していた、『人とかかわる』ということにより、氷解したんだ。洋蔵さんとかかわり、表面的にではなくて一歩を……たったの一歩と思うかもしれないけど、その一歩を踏み込んだおかげで、僕は洋蔵さんから、彼の過去について、なによりも洋蔵さんと僕のおじいちゃんとのつながり、そこで語られたこと、思いについて、話を聞くことができた。話を聞けたことにより、ずっと抱いていた後悔が、単なる自分の思い込みであり、勘違いであり、どうしようもない、本当にくだらない、ただただネガティブな決めつけだったのだと、気づくことができた。

――そう、おじいちゃんは、僕のことを心配してくれていた。気遣ってくれていた。なによりも僕と同じように、多分……いやきっと、仲直りしたいと、そう思ってくれていた……と。

扉を閉ざしていては、誰も踏み込んできてはくれない。口を閉ざしていては、誰にも声を届けることはできない。伝えなきゃ、伝わらなきゃ、誰も手を差し伸べてはくれないし、影は影のままで、問題は問題のままで、心を蝕み、時間と共に肥大化してゆく。

開くこと。心を開いて、真に心から人と接することが、大切なんだ。当たり前かもしれないけど、本当に本当に、それが大切なんだ。

「春人さん……？」

桜さんが首を傾げる。

僕はごくりと音を鳴らしてつばを飲み込むと、そっと、しかしながら力強く、桜さんの目へと、視線を注ぐ。

「つまり、僕は人を拒絶し続けた過去を後悔しているし、人とかかわることの温かさ、尊さに、もっと早くに気づけていたならと、やっぱり後悔しているんです。桜さんには、そんな後悔をしてほしくない。殻に閉じこもって、後悔を後悔のままにするなんてこと、してほしくない。だから僕は——」

「……春人さん」

僕の名前を呼んでから、桜さんが口に手を当てる。そしてくすりと笑ってから、さらに腹を抱えて笑い出す。

「ごめん。でも春人さん、話長すぎ。というか、そんなに熱い人だったっけ？」

しまった。……慣れないことをしたから、かげんが分からなくて……。

僕は顔を赤くすると、ここまで語ったんだから、もう一緒だろ！　みたいな精神で、最後に、一番言いたかった言葉を、ぶちまけることにする。でも多分、このやけくそみたいな状態が、ある意味よかったのだろう。じゃなきゃ、多分僕は、言葉を呑んで、退散してしまっていたから。

「だから……ようは……僕は、桜さんの本当の思いが知りたいんです。そしてできるなら、助けになりたいんです。桜さんが料理人になる、目指したいというのなら……僕は支えたいし、協力を惜しみません。心の底から、本当に本当に、そう思います。だって、桜さんの料理に感動したから。桜さんの料理を食べると幸せになれるから。なにより、桜さんの作る料理が、大好きだから」

爽やかな夜風が、桜さんの髪を揺らした。

かさかさと鳴る桜の葉の音が、まるでささやかな拍手のように、心地よく耳に響いた。

「ありがとう。そう言ってもらえて、嬉しい」

目を細めた桜さんが、手で髪をうしろへとすく。

「でもやっぱり、お母さんの包丁は受け取れない」

すぐに言い直す。「ううん」と言い、小さく首を、左右に振ってから。

「受け取らない」

「…………」

「受け取るのは……」

すうっと、下から上へと腕を上げるようにして、桜さんが僕の鞄（かばん）を指さす。

「もう一つの方」

「うん」

「あるんでしょ？　お母さんが私に託した、私が、本当に受け取るべき包丁が」

僕はファスナーを開けると、鞄から包丁の入れられた箱を取り出す。箱の蓋の部分に『百々瀬刃物』と書かれた、奈美さんが桜さんへのプレゼントとして作らせた、桜さんの包丁を。

……これって。

包丁を桜さんに渡しつつも、僕は桜さんの頭上に、仄（ほの）かに金色に光る、まだまだ小さな、子供の孔雀（くじゃく）の姿を認める。

「生まれたての付喪神じゃな」

エプロンの付喪神とじゃれ合っていたイマリが、動きをとめて、そのオウカと同じ孔雀の姿をした付喪神へと、顔を向ける。

「オウカの神心のおかげじゃろ。あやつは、自分の命の全てを使い、この店にあった全ての思いを、付喪神へと昇華させたからのう。……まあ、今回は神心を手に入れることができんかったが、そやつに分けてやったということで、よしとするか。いわゆる痛み分けというやつじゃわい」

イマリは、ハリネズミの付喪神を見てから、もう一度、子供の孔雀の付喪神へと顔を向ける。そして目を閉じて、ゆっくりと深く鼻から息を抜くと、まるで目の前にオウカがいるかのごとく、語りかける。あくまでも明るい調子で、あくまでもイマリらしく、傲然と。

「結局わしは、貴様とは最後の最後まで、馬が合わなんだが……これだけは言えるな。オウカよ、実にあっぱれであったぞ」

オウカの神心……オウカの命の欠片……。桜さんの包丁に、今まさに宿った付喪神は、今後桜さんを見守り続ける、守護神になることだろう。奈美さんの……そしてなによりもオウカの……遺志を継いで。

「ところで春人さん、長い長い説得のスピーチをしてくれたんだけど」

「は……はい」

僕は、口に手を当てて、桜さんから顔をそらす。多分また、頬が紅潮していることだろう。思い出すだけでも、恥ずかしくて死にたくなる。

「正直その前から、私の心は決まっていたんだよね」

「え？　それは一体……」

未来の桜さんにあてた、奈美さんの手紙の入った封筒を、桜さんがまるで、扇で口元を隠すようにして、僕に見せる。

「この手紙の中にあったんだよね。さっき話した、私とお母さんとの約束についての、補足が」

「それって……？」

聞くと桜さんは、封筒から手紙を取り出して、三枚目を、多分文章の最後の方を、読み始める。

「『まだ料理人をこころざしているのなら、それでいいです。他のなにかを目指しているのなら、それでも全然構いません。頑張ってください。ただ、もしも料理人をこころざすのならば、私という個人ではなくて、たくさんの人を喜ばせる、そんな料理人になってほしいです。というのも、あの約束を交わした時のさくらの目が、私だけしか見ていないように感じたからです。プロの料理人というのは、ある特定の人だけではなくて、たくさんの人のことを親身になって考える人、考えることのできる人をいいます。私はさくらに、そんな料理人になってほしいと、そのように思います』」

読み終えると、桜さんは目にうっすらと月の光を反射させてから、にっこりと笑みを浮かべる。

「ということだから、約束は、上書き保存ってことで」

上書き保存――そういう方法があったのか、と、僕は素直に感心した。

なにも、今回のような約束に限った話ではない。思い出も、人間関係も、失敗も孤独も絶望も、必ずしも消す必要はないのだ。さらに前に進めてしまうというか、ようは桜さんの言うように、上書き保存してしまえばいいのだ。もちろん、そんなに簡単にはいかないだろう。人の気持ちは、そう単純に割り切れるものじゃあないし、自分でも分からないぐらいに、深く、入り組んでいるものなのだから。でも、意識することはできる。意識し続けることはできる。遠くから響く霧鐘のように、決して位置を変えない北極星のように、儚（はかな）いが確かなる導き手として、その意識を、確固たる目印にすることはできる。

そうして進んでゆけば……進み続けてゆけば……そうすれば……僕もいつかは、家族のことを……。

「さあ、帰って夕食の準備をしなくちゃ」

腕を上にのばして、ぐっとのびをすると、桜さんが明るい、なにかが吹っ切れたような声で言う。

「春人さん、なにが食べたい？」

「え？　僕ですか？」

「うん。なんでもいいよ。飛び切り上手（うま）く作るから」

「ええと、じゃあ……」

「春人よ」

イマリが、なぜかは分からないが、めちゃくちゃに真面目な顔をする。

「この選択は、極めて重要じゃぞ。なにせ、今まさに踏み出したばかりの、料理人の卵たる少女の、記念すべき、一番初めの料理なのじゃからな」

えええええええええー!? そんなこと言われたら、選べないし!

「ねえ。なにがいいの? 帰りにスーパーに寄るんだから。早く」

「ええと……ええと……じゃあ」

「うん。なに?」

桜さんが顔を近づける。肩に飛びのったイマリも、顔を近づける。エプロンの付喪神がズボンの裾を引く。窓のところには、調理器具の付喪神たちが、顔を寄せ合って、次の僕の発言を、今か今かと待っている。

「早く」急かす桜さん。

「プリンアラモードと言わんかい!」狼パンチをくらわすイマリ。

「ねえ、どうしたの? ねえ、ねえねえねえ」ズボンの裾を引きまくるハリネズミ。

「なにかな? なにかな? わくわく、どきどき」ざわざわと、思い思いに呟く、たくさんの付喪神たち。

なんと今しがた生まれたばかりの、孔雀の姿をした、桜さんの包丁の付喪神までもが、まるで催促でもするかのように、小首を傾げて、そのつぶらな瞳で、僕を見つめるといった始末だ。

僕の脳裏に、みやび堂にきてからのこの約一ヶ月半の間で食べた、桜さんのたくさんの料理が駆け巡る。和食を食べた。洋食も食べた。中華も食べた。イタリア料理も食べた。変わり種として、スペイン料理である、パエリアも食べた。インド料理として、スパイスから作ったカレーも食べた。焼肉もしたし、甘じょっぱいタレですき焼きもした。ついでに言えば、イマリに強制的に向かわされた、喫茶店やカフェなどの、スイーツ類も思い出した。あと、これに関しては食べそこなったが、先ほどのでっかいハンバーガーのことも。

だがそれらも、徐々に、一つひとつ、まるで霧が覆うように……いや、霧が晴れるように、さーっと消えてゆく。

最後に残り、僕のまぶたの裏に強く焼き付いたのは、温かな湯気を上げる、たった一つの汁椀（しるわん）だった。

「み、味噌（みそ）汁が……飲みたいです」

表情を隠すように、僕は手で口を覆う。

「なので、味噌汁で、お願いします」

エピローグ

晴れ渡った秋の空に、頬をなでる心地のよいそよ風。道行く人々はすっかり衣替えを終えて、皆ジャケットやらスカーフやらを身に着けている。さすがに木々は、まだ緑葉を樹上に冠してはいるが、いずれは黄色や赤などといった、燃えるような紅葉に、その様を変化させてゆくことだろう。

「今日の夜、サークルの人たちとダーツにいくんだけど、春人（はると）もくるか？」と言う秀樹（ひでき）の誘いを丁重に断ると、僕は大学の門を出て、その足でみやび堂へと向かう。

今日は午後からの講義が休講だったので、残りの時間は目一杯、みやび堂で働くことができる。そもそも夏休みが終わってからの平日は、講義のあとの、夕方の数時間しかみやび堂で働くことができていないので、こんな日ぐらいは、少しでも早く出向いて、洋蔵（ようぞう）さんや桜（さくら）さんに貢献したいものだ。

最寄りの駅で降りて、地上に出ると、僕はみやび堂へと向かい、再び歩き始める。周りの風景は徐々に変化してゆき、やがては古い家屋や店が立ち並ぶ、下町に足を踏み入れる。

焼き芋を売る、スピーカーの声が聞こえた。

聞こえると同時にイマリが、耳をぴんと立てて、鼻をひくひくとさせる。

「焼き芋か！　いいのう！」

「買わないよ。早くみやび堂にいきたいし」

「ふん。分かっておるわい。では、別の提案じゃ」

「別の提案？」

「スマホを見てみよ」

スマホを取り出して画面に目を落とすと、そこにはイマリが遠隔操作で検索しただろう、とあるページが表示されている。

高級感の漂う、瀟洒（しょうしゃ）なウェブデザイン。画面からはすでに、お金の匂いがぷんぷんとしている。

「イ、イマリ、これって……」

「ホテルのスイーツバイキングじゃ。なんと季節限定さつまいもフェアじゃわい」

「お一人様二千九百八十円って書いてあるんだけど……」

「うむ、書いてあるのう」

「しかもスイーツバイキングに一人でいくとかって、クリスマスに一人でレストランにいくぐらいに、気まずいよね？」

「一人ではない。わしが一緒にいくじゃろうが」

そうだけど、そうじゃないというか……。

「というかいかないし。いく理由もないし」

「実はのう」

口に手を当てたイマリが、にやにやしながら言う。いじわるな顔だ。なにかをたくらむ、悪人のような、悪い顔だ。

「録音、してあるんじゃ。スマホに。数週間前の、あの桜への、長くて恥ずかしい、春人一世一代の演説を」

「え!?」

思わず大きな声をあげてしまう。声が響いたのか、反対側の歩道を歩いていた通行人が、何事かといった面持ちで、僕の方を一瞬振り向く。

「あとワンクリックで、全世界に公開じゃわい。ちなみにわしのフォロワーは、今現在五桁を超えておるぞ」

「分かった！　分かったから！」

「どうする？　ホテルのスイーツバイキング……季節限定さつまいもフェア」

「いくから！　いきますから！　だから──」

ようやくみやび堂が見えてきた。

趣のある宮造り建築の建物に、出入り口にかけられた風格のある暖簾。歩道に面した窓側には、大きくて頑丈なよしずが立てかけられているが、今はもう夏ではないので、アサガオのつるは巻きついていない。戸口の脇には相変わらず水の張られた水瓶が置かれており、時折風に揺られて、きらきらと日の光を反射しては、道行く人に情緒を供している。

「ん？　あれって……」

店の前に、若い男の人が立っている。手には抱えるようにして、箱に入れられた骨董品らしき物を持っているが……どうやら店に入ろうか入るまいか迷っているみたいだ。

「お客さんかな？　……いや、それよりも」

「じゃな」

同意するように言うと、イマリが僕の耳元に顔を近づける。

「やつの持つ骨董品に、付喪神が宿っておるのう。カピバラか……珍しい」

「しかもあの表情、絶対になにかに困っているよね」

「じゃな。これは依頼を……ようは神心をいただくチャンスやもしれぬぞ」

「神心はおまけ。あくまでも、感謝のあとについてくるものだよ」

「言っておれ」

鼻で笑うと、ぱこーんと優しく、イマリが僕の後頭部に狼パンチをくらわせる。

「ではゆくぞ、春人よ。御用聞きじゃ！」

頷くと、僕はその男の人へと近づき、声をかける。

「いらっしゃいませ。ようこそ——古道具みやび堂へ」

富士見L文庫

下町九十九心縁帖

佐々木薫

2023年6月15日　初版発行

発行者　山下直久
発　行　株式会社 KADOKAWA
〒102-8177　東京都千代田区富士見2-13-3
電話　0570-002-301（ナビダイヤル）

印刷所　株式会社暁印刷
製本所　本間製本株式会社
装丁者　西村弘美

定価はカバーに表示してあります。

●お問い合わせ
https://www.kadokawa.co.jp/（「お問い合わせ」へお進みください）
※内容によっては、お答えできない場合があります。
※サポートは日本国内のみとさせていただきます。
※Japanese text only

ISBN 978-4-04-075000-2 C0193